赤いお妃

乱世麗人・張寧

胡平　著

周晶　訳

まえがき

激動の中国現代に多感な少女時代を過ごした私の心をゆり動かす作品に出会い、共感すると共に、平和な現在、あの時代を一生懸命生き抜いてきた中国国民の忍耐強さ、賢明さ、そして絶大な包容力をたたえたく思います。

できることならば歴史の中で負の経験が少ないことを望みますが、過去の歴史の中で、どの国に於いても多かれ少なかれ不幸な事変があり、それを糧に新たな時代が開かれるのです。

中国人は自ら「時代の中を沈睡する巨龍だった」と痛感し、目覚めた今、歴史から与えられたすべてのショックを素直に受け入れ、熱気溢れる現在を生き、まさに「古き中国は若き時代を迎え」、奮闘しているところです。

少女の頃に経験したものの記憶が私にこの作品の翻訳をより正確に、そしてより豊かに表現できる力を与えてくれました。そういう意味においても母国の変革の時代を過ごしたことに大変誇りを感じています。

中国現代史上、庶民の知り得ない一面を暖かい目で描かれた作品の翻訳ができ、日本の皆様に熱いこころでお伝えできることは無限な喜びを覚えています。

そして、翻訳に際して、篠原　智恵美さんをはじめたくさんの方々にご指導いただき、生涯忘れられない一ページとして私の人生という本に綴らせていただけたことに心から深く感謝申し上げます。

二〇〇〇年二月二十六日

周　晶

赤いお妃――目次

序章　伝説なのか？

1

時は一九八二年、初夏。

かつて、〝六朝聖地、十代名都〟と謳われ、人びとに広く愛されてきた南京。静かなたたずまいを今に残すこの古都の路地裏に、一軒の屋敷がある。長い年月によって歴史の重みを刻み込まれた建物である。質素な書斎には、実際の目で変動する歴史を見つめてきた銀髪の老人が静かに座っている。

この老人は姜といい、南京にある工科大学で教鞭をとっていた。専門は土木建築学であったが、老人の名前はむしろ骨相学の専門家として世間に広く知られていた。姜老人は、豪傑や大物人物の骨相にとりわけ興味を持っていた。今をときめく大物人物の骨相をみることは、何より老人を喜ばせた。

「江青（毛沢東夫人）は最終的に破滅する。彼女の口元には船を転覆させる相が見える……」「〝戦堂〟という骨が高い林彪。彼は確かに万里に連なる兵隊を指揮するうえでは立派な将軍だ。だが、その濃く長い八文字眉は惨めな将来を暗示している……」

姜老人は次々と時の大物たちの骨相を読み解いた。

「毛沢東は一九七六年内の二番目の閏月に他界する」

かつて、老人は毛沢東の骨相からこう読み取った。老人は、それを胸の内に止めておかなかった。

世間では「毛沢東主席の限りないご長寿を！」、「林副主席、永遠に健康なれ！」といったスローガンが声高らかに叫ばれていた。老人はたちまち反革命の罪で投獄された。やがて死刑の判決を下され、執行猶予となった。

〝樹欲静而風不止〟（木が静かになろうとしても風が止まない、の意）。

老人は刑務所でも骨相の研究を締めようとはせず、刑務所長や警備員、投獄された人々の骨相を見ていた。彼らは老人の言うことを半信半疑で聞いていた。

しかし、彼らを仰天させる出来事が起こった。「九・一三事件」（林彪クーデター失敗）の報に、誰もが心の中で〝じいさんの言っていたことが本当になった〟と驚いた。

官僚たちも、老人に対して惧れと同時に憐憫の情を抱くようになった。彼らはこの老人を健康上の理由で仮釈放することに決めた。

やがて〝四人組〟が逮捕され、天安門城楼に掛けられた毛沢東の大肖像が黒布で覆われた時、老人の罪は煙のように風に消されてしまった。

それは今となっては遠い過去の昔ばなしになったのである。

ある日、老人の書斎を、三十歳を過ぎたころの女性が訪れた。

「申し訳ないが、もう少し近くに座ってもらえないかね」

姜老人の片方の目はすでに視力を失っていた。もう片方の視力も衰え、かろうじで見える程度であった。彼女は椅子を引き寄せ、老人の正面に座った。老人は拡大鏡を手に、彼女の顔をじっと見つめ始めた。

三十分が過ぎた。しかし、まだ老人は視線をそらさない。そのまなざしは真剣そのものだった。縮小された軍事地図を、あるいは骨董品の価値を見極めているかのようであった。

「骨格を触ってもいいかね？」

ようやく口を開いた老人はこう尋ねた。

「どうぞ…」

老人は彼女の頭から両肩、骨盤から膝、そして手足の指を丹念に手で確かめたあと、長い溜め息をついた。

「おまえさんの骨相には二つのはっきりとした証が見られる。おまえさんの三十数年の人生においてこの証が示す二つの運命から逃げられなかったに違いがない。もし、わしがこれから言うことに間違いがあるなら、遠慮なく言っておくれ。よいかな」

彼女は静かにうなずいた。

「まず、第一の証、つまり人生の大きなチャンスのことだが、おまえさんにはそれが三度訪れる。一、二回目はすでに終わってしまった。一回目は十五、六歳の時の出会い——異国での運命的な出会いのことだ。おまえさんはうまくいけば今は海外で世にときめく貴婦人となっていたはずだ。しかし、何らかの理由でそのチャンスを掴めなかった。二回目が訪れるのは十七、八歳、いや十九歳かな、おまえさん自身も、他の何者もどうすることもできなかったそのチャンス……。龍虎両雄、いずれかでもうまくいっていれば、お前さんは〝中国のファースト・レディ〟となっていたはずだ……」

姜老人はそう言うと、にわかに手を伸ばして彼女の眉間に触れた。

「ほら、ここにちょっとしたくぼみがあるだろう、触ってごらん」

言われるままに、彼女はそれに従った。

「これはな、二回のチャンスを失った証だよ。いいや、失ったというような生易しいものじゃない。まさしく天国から地獄への転落だった。お前さんが二十四、五歳の時のことだ。突然、おまえさんは社会のどん底に落下し、いばらの路を歩いたのだ……」

彼女は何も答えなかった。そして、哀願するように言った。

「姜先生、どうかもう一つの証についてお聞かせください」

「おまえさんは幼いころに父親を亡くし、十歳で家を離れて生活することになった。男の兄弟の中でおまえさんだけが女の子だね……。それで、二つ目の証というのは結婚のことだ。おまえさんには〝三夫にまみえる相〟が見られる。今のご主人とは年末までに離婚するだろう。彼は本命の夫ではない。本命の夫は三人目なのだよ」

「私はこの結婚が初めてです。たとえ将来、再婚することになったとしても慎重にしなければならないわ……。主人以外にあと二人と結婚するだなんて、そんなこと考えられません」

「いや。おまえさんは大事なことを忘れておる。今のご主人の前に、もう一人いたはずだ、違うかね？　彼は死んでしまった。彼こそ、おまえさんの一人目の夫となる人だった」

彼女は息を呑んだ。彼女の胸の内では老人の穏やかな声が繰り返され、にわかに太鼓の音のように激しく鳴り響いた。その音と共に、彼女の運命を渦に巻いて変遷する中国の歴史が目の前にはっきりと蘇ってきた。深く深く心の奥底に埋もれていた悲惨な過去。老人の姿がそれに重なり合う。冷たく残酷な青い光を放ちながら、老人は背後で彼女の人生を見守る影となった。

2

父親の霊前で泣き崩れていた少女は、やがて成長し、万人の注目を集めるようになった。彼女の名前は暗い政治の話題に華を添えた。人々は好んで彼女の話題を取り上げた。

人の口というものはつくづく無責任で自分勝手なものだ。伝聞、想像、羨望、嫉妬、そして中傷……人々はそれらを勝手に混ぜあわせ、噂話を容易に口にした、いつも彼女はその影で怯え、不安は彼女の精神を次第に蝕んでいった、誰もが彼女のかき乱れた精神などに気付かなかった。

孤独の中で、彼女はこの大きな秘密を抱えたまま、そっと世を去ろうと思っていた。世間に理解されることなど望みはしない。ただ、沈黙を守らねばならない……。

にわかに、眼前の老人の姿が浮き上がった。「この人は私がたった一人で背負って来た重荷を下ろそうとしているのだ」。長い夜がゆっくりと光明に近づくように、彼女は不可抗力によって自分が老人に近づいていくのを感じた。

「……姜先生、張寧という名前をお聞きになった覚えはございませんか？」

「張寧……どこかで聞いたことがあるが……」

「林彪ご令息のお妃選びで……」

「ああ、思い出したぞ。お妃選び、そうだ。確か、南京軍区から張寧という女の子が選ばれたのだったな。」

「私がその張寧です……」

姜老人の手は震えた。果てしない人の海をかいくぐって捜しても、見つけることができないほどの数奇な運命の持ち主……。彼女の骨相がそれを物語っていた。老人は自分の判断が正しいと確信した。

沈黙が続いた。壁にかけられた古い時計の音だけが、なにはばかることなく部屋に響いていた。しばらくすると老人が口を開いた。

「二つ、教えてほしいことがあるのだが。一つは、おまえさんが十五、六歳の時に出会った人物、それは誰かね？」

恐縮ですが
切手を貼っ
てお出しく
ださい

112-0004

東京都文京区
後楽2−23−12
(株) 文芸社
ご愛読者カード係行

書　名			
お買上 書店名	都道府県　　市区郡　　書店		
ふりがな お名前		明治 大正 昭和　　年生　　歳	
ふりがな ご住所	□□□-□□□□	性別 男・女	
お電話 番　号	(ブックサービスの際、必要)	ご職業	

お買い求めの動機
1. 書店店頭で見て　2. 当社の目録を見て　3. 人にすすめられて
4. 新聞広告、雑誌記事、書評を見て(新聞、雑誌名　　　　)

上の質問に1.と答えられた方の直接的な動機
1. タイトルにひかれた　2. 著者　3. 目次　4. カバーデザイン　5. 帯　6. その他

ご講読新聞　　新聞	ご講読雑誌	

芸社の本をお買い求めいただきありがとうございます。
の愛読者カードは今後の小社出版の企画およびイベント等
資料として役立たせていただきます。

本書についてのご意見、ご感想をお聞かせ下さい。
① 内容について

② カバー、タイトル、編集について

今後、出版する上でとりあげてほしいテーマを挙げて下さい。

最近読んでおもしろかった本をお聞かせ下さい。

お客様の研究成果やお考えを出版してみたいというお気持ちはありますか。
ある　ない　内容・テーマ（　）

「ある」場合、弊社の担当者から出版のご案内が必要ですか。
希望する　希望しない

ご協力ありがとうございました。

〈ブックサービスのご案内〉
社では、書籍の直接販売を料金着払いの宅急便サービスにて承っております。ご購入希望がございましたら下の欄に書名と冊数をお書きの上ご返送下さい。（送料1回380円）

ご注文書名	冊数	ご注文書名	冊数
	冊		冊
	冊		冊

「某国大統領のご令息です」

「なるほど……、それから、もう一つは〝龍虎両雄〟についてだが、一人は林立果だと分かった。で、もう一人とはいったい……？」

老人はじっと彼女を見守った。心の痛みにさいなまれた人だけが持つ蒼白い頬、辛苦をなめ尽くしたように見える唇をじっと見守った。やがて、彼女は決断をしたかのように唇を噛んで、それから全身の力を振り絞り、その名前を吐き出した。

「毛…遠…新（毛沢東の甥で、息子のような存在であった。）」

姜老人のしみだらけの顔には、もはや驚きの表情さえ浮かんでこなかった。四方を見渡せる岩肌にしっかりと根を張った梅の老木が、いかなる変化にも動じないように、老人の表情には、歴史をしっかりと見極めるための揺るぎない覚悟が現われていた。

3

十九世紀の半ば頃。ある日、骨相を見ることで生計を営んでいる一人の男が桂林の街角を歩いていた。彼の目には物を担ぐ者たち、露天商、草売り、街頭芸人などの姿が過ぎ去っていく。不思議なことに、彼らのほとんどの骨相が官吏になる兆しを示していた。彼は驚いて何度も目をこすり、そんなことはあり得ない、と否定した。彼はその時、骨相学に疑問を持ち、それ以来骨相を見ることをきっぱりと止めてしまった。

それから三年が経過した。

桂林付近の紫荊山のふもとでは、新奇の宗教結社が清朝打倒の旗を挙げ、やがて太平天国の革命に発展した。この太平軍は長江流域にまで北上し、南京を占領して、ここを都と定めた。それと同時に桂林の人々のほとんどが官吏となり、それぞれの地位を獲得した。彼はかつて自分のみたものに間違いがなかったことを確信するに至った。三年間の疑問はたちまち解けて、多くを悟った彼は再び旧業に戻り、弟子を一人入門させ、熱心に骨相学を伝授した。

その弟子も白髪の老人となった。今世紀の四〇年代、戦火を逃れるため重慶に隠居した彼も、一人の若者を弟子としたが、裕福な家庭に生まれたその若者は、〝心猿意馬（心は猿のように騒ぎ、気持ちは馬のごとくに馳せる、の意）〟という性格の持ち主で、なかなか一つのことに専念できないのだった。

ある日、若者は突然イギリスへ留学したいと言い出した。師匠は慌てて忠告した。

「行ってはならん。行けば二度とこの世に戻れないぞ」

若者はその言葉を鼻で笑って、荷物をまとめて船に乗り込んだ。船が港を出ようとしたその時、彼の師匠が息せききって追いかけて来た。そして、抵抗する若者を無理やり船から引きずり降ろした。

若者がくやしがり、今度こそ師匠に邪魔されないぞ、と次のチャンスをうかがっていた矢先、彼が乗るはずだった船が太平洋上で沈没したとの知らせを受けた。

それは若者に大きな衝撃を与えた。彼は以来、誠心誠意師匠の教えに従った。そして骨相学一筋に研究を重ね、決して後悔したり迷ったりすることなく人生を送った。

彼こそ、姜老人その人なのである。

「姜先生、失礼な言い方になるかもしれませんが、先生の骨相学は街角の占い師のものとはどのような違いがあるのですか?」と張寧は尋ねた。

「骨相学は占いとは違う。いわば一つの科学なのだ。例えばある樹木の樹齢を調べようとする。人はその樹の幹を切り、そこに刻まれた年輪や形などを手がかりにするだろう。人間も同じで、一人一人の運命がみな違っているのは、その人の骨格が示す模様のようなものが違っているからなのだよ。」

張寧は分かったような分からぬような心持ちで、曖昧にうなずいた。

「先生、骨相学の研究をしておられる先生にとって、視力はとても大切だと思うのですが……もしよろしければ私の知っている有名な眼科医をご紹介いたしましょうか」

老人はかすかなほほ笑みを浮かべて言った。

「ご好意は大変ありがたいが、わしの目はもう誰にも治せるものではない。この目は、世間の秘密や人間様の運命をあまりにも知り過ぎたのだ。だから、神様がもうこれ以上見るなと禁じた、いわば罰のようなものだろう。わしの師匠も、そのまた師匠も年齢とともに視力を失った。わしの目も間もなく完全に見えなくなってしまうだろう」

骨相が科学なのか、真理を含んだ愚かなものなのか、それは誰にも判断できない。しかしながら、姜老人が経験した伝奇的な人生は老人にとって唯一の真実であった。

宿命だろうか。あるいは偶然だろうか。張寧の人生もまた、老人と同様、波乱に満ちたものであった。彼女の人生は、今は歴史となってしまった中国の変化とともに、大きく揺れ動いた。人は過ぎ去った過去を歴史として知ることができる。その中に一人の女性の運命が怒涛にのまれる小さな波のように存在したのである。彼女はほんの小さな女の子であった。もし、彼女が美しさを持っていなかったら？　もし彼女が父親ともう少し長く過ごしていられたなら？………

運命は「もし」という仮定を許さないのだろうか、姜老人の言うように、それは一人一人に刻まれた運命なのだろうか。

序章　伝説なのか？

第一章　薔薇色の物語

1

革命聖地延安にある抗日軍政大学を卒業した張寧の父は、抗日戦争の前線であった山東省の膠東地区で同区主力軍十三師団の指揮官を務めていた。

一九四七年、三十歳を過ぎた父は文登県婦人連盟主任だった張寧の母、田明と結婚した。その年のうちに母は男の子を生み、二年後の一九四九年に張寧を宿した。今度も男の子を、と願った父は新生児の泣き声を聞くや、喜び勇んで病室に入ったが、赤ん坊を見て落胆した。その子は女の子であっただけではなく、どういうわけか、体に黒っぽい毛がまんべんなく生えており、まるで猿のようだった。「これはサルだ…」と父がそう言ってからかったために、張寧の幼名はおサルとされた。

2

抗日の意欲に燃えたぎった二万五千キロの大長征で、張寧の父は紅軍第四方面軍第五団を率い、多くの雪山を超え、大河を渡り、残された数十人の兵士と共に延安にたどり着き、全国解放のために戦った。しかし、毛沢東が中華人民共和国の成立を全世界に宣言した時には、生涯革命戦士だった父の体はぼろぼろで、ひどい病を患っていた。張寧が物心ついたときにはすでに、父は母の介護を要して病院で余生を送っていたのだっだ。軍の警備員、用務員そして保母が、張寧を含む四人の兄弟の面倒を見たため、両親といつも一緒にいられるよその子供たちが羨ましかったものだ。日曜日はようやく両親に会えたものの、親子連れで遊園地や動物園、野原へ遊びに出掛けるのではなく、いつも病院で過ごさなければならなかった。

「お前たち、今週の成績はどうだったかな？」父がこう尋ねると、張寧はおさげ髪を揺らしてすばやく駆け寄り、いつも笑顔で答えた。

「お父さま、私は一番だったわ」父もそのたびに彼女を抱いて頬ずりした。

「やはり、おサルは我が家の自慢だな。将来、きっと伸びるに違いない…」

彼女が四歳になると、体全体にくまなく生えていた黒い毛は奇跡のように抜けてなくなった。その下に隠れていた肌は白くつややかで、まるで搾りたてのミルクのようであった。父は、朝露を含んだ花のように愛くるしいこの少女をますますかわいがり、思い入れを強くした。しかし不幸なことに、父の病状は悪化しはじめた。鼻からの呼吸が困難になった上に消化機能に異常をきたしたため、話すことも食事をすることもできなくなり、体はみるみる痩せていった。それでも父は家族の話にじっと耳を傾けていた。親子の絆が、張寧に父と目で話をかわすことを可能にした。ある日曜日、病室で彼女と兄は、父のハンカチや靴下を洗いながらおしゃべりをしていた。その光景をじっと見守っていた父は人知れず泣いていた。これまでいかなる逆境に直面しても屈することのなかった将軍である父の目から、大粒の涙が溢れていた…。

「お父さま、お父さま…!」

四人の兄弟たちは各々に父を呼んだ。臨終が近づいていた。張寧の声を聞いた父は、震える手で娘の髪を優しくなでながら、ゆっくりと兄弟一人一人の顔を見つめた。そして張寧の母と、傍にいた自分の後継者である南京軍区の次期最高指導部長官に向かって、最期に精一杯声を絞ってこう言った。

「一つだけ頼みがある。おサルが大きくなったら、医学の勉強をさせてやってくれないか。わしはずいぶん、病気の苦しみに耐えてきた。あの子には、病に苦しむ人々を救う立派な医者になってほしい…」

「将軍、ご安心下さい。お子さまたちのことはわれわれが責任をもってお守り致します」最高指導部長官は、父に聞こえる大きな声でゆっくりとこう言った。それを聞いた父は安心し、張寧に暖かいまなざしを向けた後、静かに目を閉じ、息を引き取った。

3

幾多の戦いを経て、中国人民のために生涯を捧げた将軍の葬儀は盛大に行われた。当日は軍区の総合病院がある解放路から、大行宮沿い、新街口、中華門に至って戒厳令が敷かれた。

軍の最高機関の幹部を乗せた車、真新しい軍服に白い手袋で敬礼した兵士、悲哀な調べを奏でる軍の楽団、中国人民解放軍の軍旗が厳かに掛けられた父の柩…。葬儀の列は菊花台の小高い丘の上にある墓地まで続いた。丘とはいえ起伏は激しく、英雄が眠るにふさわしい勇壮なこの墓地にはヤクタネゴヨウが生い茂り、右手は澄みきった水をたたえた池、左手は広くひらけた草地であり、はるか眼下の長江にきらめく帆影が美しい。父はかつてここを狩りで訪れ、「ここは風水がよろしい。わしが死んだらここに埋めてほしいものだ…」と軍区の劉政治局長にもらしていたそうだ。沈痛のうちにある張寧にとって、ここは最愛の父との永遠の別れの場所となった。

十歳になった張寧は軍服に身を包み、あろうことか南京軍区前線歌舞団のダンサーとしてデビューすることになった。これを聞いた軍区最高指導部長官は激怒し、速やかに歌舞団を辞めさせて軍の医学校への入学準備をすすめるようにと張寧の母に通達した。もちろん彼女も夫の遺言を忘れるはずがないのであるが、何しろ歌舞団は娘を〝強制〟的に誘致し、バレエの練習をさせているのだった。母は身につまされる思いをしていた。その上舞踊芸術においては一流の名門である上海バレエ学院が、自分のところから五人もの有能なダンサーを張寧一人と交換したいと申し出てきたため、南京軍区前線歌舞団はますます彼女を手放そうとしなかった。結局、張寧の進路問題については異例にも軍の文化部長会議にかけられた。

それは、《張寧は建軍以来の歌舞団に例を見ない超天才的ダンサーとして、来年春に北京で開かれる史上初の中国人民解放軍による〝全国文化芸能コンクール〟に参加することになった。彼女が今舞踊をやめてしまえば、前途有望な彼女の才能が花開かれない上、南京軍区にとっても大きな損失となる。》

と言った内容であった。

少女の頃の張寧の不幸などというのは、取るに足らないものである。

将軍たちの慈愛を受け、軍区最高指導部長官をはじめ司令部、政治部、後方勤務部といった三大部署の長官と気軽に話をしたり、思う存分甘えたりすることのできるのは、彼女一人だけであった。しかしそれは、軍の中での人間関係を円滑に保つための〝甘え〟でなければならなかったのだが、十数歳の少女に処世術の何がわかるというのだろうか。それでも彼女は大人に頼まれるがままに、まだあどけなさの残る声でしばしば大人の会話をさせられていた。軍の大人たちは、高級幹部と接する機会の多い張寧を通じて自分が直接言いにくい話を伝えてもらったり、長官の自分に対する評価を探るために彼女を利用したりしたのである。しかしながら、このようなことは何も張寧だけに限って見られたものではなく、一般的に幹部の子弟たちは程度の差こそあれ張寧のような役を務めなければならなかった。

優雅な芸術的雰囲気に恵まれ、裕福な生活の中での学習環境が張寧の少女時代を美しく彩ってゆく。

南京市街の東にある中山門を出ると、衛崗と言う名の長く急な坂道が続いており、坂を上りつめた所にある衛崗大院の中に、張寧たちの前線歌舞団があった。構内はアカシカに包まれ、ソヨゴやヒマラヤスギが生い茂り、その木陰にも緑のしとねが広がり、夏でさえも暑さを忘れさせるほど涼しく、心地よい風がそよいでいた。桃やすもも、あんず、さくらんぼ、ぶどうなどの果物が実り、コブシ、モクレン、バラ、桜、キンモクセイ、クチナシ…といった四季の花が咲き誇って、まるで地上の楽園だった。

童話から飛び出して来た世界… 張寧を含む四十名の芸術兵は、それぞれ童話の中の登場人物である。十二歳から十六歳までの天真爛漫な少年少女にはいろいろなニックネームが付けられていた。メロン、すいか、鴨、美人、ポケット、虎… おもしろいのは〝おナラ〟—レッスン中によくおナラをする温州出身のある少年のあだ名である。そして張寧は当時年少組の中でも小柄な方で、甘ったるい声をしていたため甘みで有名なレーズンと呼ばれていた。毎日夕方になると、一日の練習を終えた少年少女たちは、特製の軍服に着替えてぴかぴかの革靴をはき、整列し、《三大規律、八項注意》《我是一個兵》(軍歌)を斉唱しながら構外にある学校まで歩いて行き、そこで勉強するのだった。中国全土の青年が軍服に憧れたあの時代、いつも多くの人達が足を止めて彼らに羨望のまなざしをおくっていた。

レッスンはとても厳しいものだった。スタイル、古典、バレエなど様々な科目が課せられ、李首珠先生が指導に当たった。先生は最初の授業で子どもたちに向かって、一点の笑みすら浮かべずに「私は、レッスン中はいかなる感情、欲望もないロボット人間なのだ」と言ったのだった。李先生の合図があるまで足を降ろすことが許されない壁倒立、十分、十五分、二十分…腰は砕けそうになり、脚は震えてくる、両腕は関節から切断されたかのように感覚がなく、激しい脈動で小脳が破裂しそう…。三十分、待ちに待ったドラの合図、ようやく解放された…と思いきや、幾人かはずるをして足を数秒間早く降ろしただけで、〝ダメ、やり直し！〟と再び三十分。汗、汗、汗のシャワー、喘ぐ気力すらなくなってしまうような毎日…。焼け付く夏も、凍える冬も、レッスンは一日も休みなく、そして減らされることもなく続けられていた。少年少女たちはどうすればレッスンをさぼれるかということばかり考えていたのであった。張寧も一度レッスンが恐ろしくなり、お腹が痛いと嘘をついて〝鴨〟と一緒に家に逃げ帰った。しかし、〝躲得過初一、躲不過十五〟（元旦は逃げることができても、十五日には逃げられない、和尚は寺からは逃げられない、の意）。張寧もいつまでも逃げてばかりはいられなかった。彼女はそのうち、逃げても無駄だと思うようになった。

それでも次第にこのようなレッスン上の辛さは、張寧の中で楽しさに変わりつつあった。彼女は成長するにつれて、ダンスを愛するようになった。やがてダンスは彼女にとってあらゆる苦しみを和げるものとなったのだったのであった。

一九六二年、空前の大飢餓が中国全土に広がっていた。毛沢東は中国共産党第八期十中全会で、社会主義の全盛期を通じてブルジョアジーの復活のたくらみが続き、プロレタリアートとの階級闘争が時には非常に激烈になること、そしてこの闘争は必ず党内に反映すること、帝国主義の圧力と国内ブルジョアジーこそが修正主義の根源であるとの報告を行い、全党員、全軍、そして全国の人民に、〝千万不要忘記階級闘争（階級闘争を忘れるな）〟との大号令を出して階級闘争の緊急性を強調し、社会主義教育の強化を主張した。経済的にも、政治的にも、中国は異常な時代に突入しようとしていた。

しかし張寧などの衛崗大院で暮らす子どもたちにとっては、世の中がどう変化しようと、どんな騒ぎになっていようと全く関係がなかった。国民経済が最も窮迫していた三年であったその時期においても、彼女たちは依然として裕福な生活を保障されていた。少年少女は自分の未来にふりかかる影響を知る由もなく、桃源郷において躍り、歌い、遊び、眠る…。中国は、彼女達の前では終始ばら色の物語を展開していたのである。

張寧は、歌舞団で最もスタイルがよく、体の柔らかいダンサーだった。とりわけ腰と股関節の柔らかさについては、今までいろいろな関係者が研究対象とするほどで、李首珠先生すら感嘆せずにはいられないようであった。二十年たった今でも先生は、「張寧ほどバランスのとれたダンサーは全国に二人といないでしょう」と言い切っている。

花のまわりには蜂が飛んで来るものだ。張寧も飛んで来る〝蜂〟の数に自分は美しい〝花〟であることを教えられた。街に出ると、人々の視線はいつも彼女に集まった。彼女の横を過ぎて行き、振り返って覗いてはまた、今度は真正面から見ようとした人、後ろをつけて来た人…。異性の注目を浴びることは、とかく同性からは羨ましがられ、妬まれるものである。さらに都合の悪いことにあの当時、古き大地に暮らす中国人民の心理に〝美しい〟ことに対する一種の病的な反応が生じていた。〝艱苦朴素（辛抱して、質素にせよ）〟のスローガンのもとでは、中国人民は素朴に見えれば見えるだけ良い評判を得られ、出世昇進も早くなるのであった。そのため張寧も、自分の美しさを否定しながらふるまわなければならなかった。彼女は早くからうつむきながら、視線をつま先の一点に定めて歩くことを習慣としていた。そうしていてもなお背後から〝美しさを鼻にかけるな〟と小声で罵られることもままあったのである。

少女の頃の張寧の悩みといえば、思い当たるのはおおよそこのようなもので、他人から見ればかたつむりが殻から出てくるときのような、ちっぽけな悩みにすぎなかった。そして、中でも特に同世代の少年少女をして憧れの気持を抱かせたのは、彼らが日々心に夢描いていたことを彼女が実現できたからであった。

南京軍区前線歌舞団トップ・ダンサーの地位――

張寧は一九六四年の全軍文化芸能コンクールで優秀な成績をおさめ、一軍区の文芸団体にすぎなかった前線歌舞団の名を全国にとどろかせた。彼女はこのコンクールで、中国革命の歴史を舞台で再現し、そしてこれを謳歌する目的で国によって企画された《東方紅》という大型音楽舞踊に参加することになった、中国全土から有名なスターが北京に招かれ、彼女と同じ舞台で一緒に踊ることになった。

それは、中国音楽の歴史に輝かしい一ページを飾る盛大なイベントであった。

張寧は序幕の〝ひまわりの舞〟、第二部の地主を倒し、田畑を農民にあけ渡す表現である〝穀物分配の舞〟、第五部の百万もの精鋭軍が長江を渡る場面で女子兵として踊り、第七部の勝利を祝う婦人労働者の踊りを見せることになった。一九六五年元旦を前にして、党中央への報告もかねて人民大会堂にて《東方紅》の最終リハーサルが行われた。毛沢東をはじめとした党中央の指導者たちが前列にある特別席に座った。開幕のベルが告げられた。張寧はこの崇高な舞台で自分が踊ることができる光栄さに幸せをあふれるほど感じるとともに、緊張のあまり気を失いそうたった。しかし幕が開くや、不思議と彼女はいつものように天賦の才能を発揮できた。心は自然と穏やかになって落ち着きを取り戻し、流れて来る音楽に身をまかせた体は燕のように軽快だった。今までに感じたことのない情熱、今までに体験したことのない興奮…。クライマックスにさしかかるにつれて、張寧の目にはわけもなく涙が溢れてきた。言葉にならない叫びが、ダンスを通して表れた。天国にいる父の幻影… 紅軍の子弟であることの誇り、党に育まれたことに対する感謝。毛主席は私の踊りをご覧になられていると思いながら…。

残念ながら毛沢東は彼女を注意深く見てはいなかった。ここ数年来、映画や歌、音楽や演劇を鑑賞する機会があるときはいつも、何か考え事をしているそうだ。少し前もブルジョア的色彩の見られる三十九の文学・芸術作品に批判の刃が向けられたばかりで、その中には呉晗の『海瑞罷官』*や北京市党委員会文化教育部門書記である邓拓の文章『燕山夜話』も含まれていた。《東方紅》を見ながらも、毛沢東はそこで表現されている革命をいかに深く掘り下げて、純粋かつ壮大に推進するべきかを思いつらねていたに違いない。

張寧のダンスに目を向けていた党中央の指導者ももちろんいた。コンクールの最後には、カーテンコールで全員が舞台に立って満場の観衆の拍手喝采に応え、《大海航行靠舵手》を会場の全員と共に歌った。そして、周恩来首相、陳毅、賀龍副首相が政治文化総務部長である陳其通の案内で舞台に上がり、全員と接見し、前列にいたスターと握手をした。周恩来首相が先頭で張寧の前に来られ、「君はこの中で一番若いそうだね」と声をかけ、優しく肩をたたいた。賀龍副首相も握手と同時に彼女に声をかけた。

「おチビさん、お名前は?」

「張寧といいます」

「上手に踊ってたね」。張寧にしかできないあのとても難しいしぐさをちゃんと見ていたのであった。それを聞いた陳毅副首相も振り返って彼女を見た。「若いということは羨ましいことだね、わしらはもう棺桶に片足が入ってるようなものだよ」とジョークを言った。彼女はこれまでの人生における最も幸福なひとときだと感じていた。

……………

全軍芸術祭、彼女は再び北京へと向かった。交歓の夕べ、軍事博物館の屋上でダンスパーティが催された。団長が彼女を羅瑞卿軍総参謀長に紹介した。

「南京軍区の張寧です、トップ女優で、父親は紅軍忠烈の士です。」

「そうか… 君、踊ってくれないか」と総参謀長は彼女を誘った。「はい、よろこんで…」と彼女は応じた。

「出身はどこですか?」首長は踊りながらたずねた。

「江西の興国県です。」

「興国か、将軍のよく出るところですね。… お母さんは?」

「膠東出身で、抗日戦争の婦人軍です。」

「いいね、革命一家じゃないか。また今度北京に来たら、わが家にも遊びにおいで。」

「はい、ありがとうございます」

曲が終り、総参謀長が張寧を李先念副首相のところに連れて「小同志ですよ」と紹介した。

「おいくつ?」副首相が彼女に尋ねた。

「十五歳です」

「お父さんは?」

「亡くなりました」

「可哀相に……いつ軍に入ったの？」

「十歳のときです」

「……」

音楽が再び流れはじめた。人々の笑い声も一段と北京の夜空に響いた。夜空にはたくさんの星が輝き、彼女の幸運を喜んでいるように見えた。ほほえみを浮かべた彼女に、不幸の星が向かっていようとは誰にも想像できなかった。

一九六五年は、張寧にとって「大串連」の年でもあった。大串連とは、世界を驚愕させたあの文化大革命の真只中、紅衛兵たちが全国をまわって革命を起こしたことをいう。

しかし、張寧の「串連」とは、彼らのように超満員の列車に乗り込んだり、デモをしたりすることではなく、中国青年芸術家代表団の一員として、国賓待遇で諸外国を訪問したことであった。

アルバニア中央政府に貴賓室でのこと、テーブルの上には果物やお菓子などが豊富に盛られてあった。若い彼女たちは香ばしい異国の味わいに舌を誘われ、緊張も忘れ、あれもこれもと口に運んだ。幼い頃からお菓子の大好きな張寧は大喜びであった。

「あっ、瓜子！」（味つけした西瓜の種）それは張寧のもっとも好きなものだった。

「アルバニアにも瓜子があるのね」と独り言を言って手を伸ばし、それをとった。口に入れ歯でかみ割ろうとした時、アルバニア労働党総書記が部長会議主席につきそわれて、部屋に入ってきた。ただちに全員が起立し、拍手した。万雷の拍手、熱烈かつ衷心な拍手を送った。

毛沢東主席に「ヨーロッパにある社会主義の明るき灯」と高く評価されたこの聖なる人物が目の前に立っていた。中国人は敬度かつ厳粛な態度を示した。

部屋の中は水を打ったように静かになった。

張寧は口の中に含んでいる瓜子をハンカチで隠し、口から出そうとしたが、運悪く、それを咬んでしまった。ガチャッという音がその静かな部屋にひびき、全員の視線が一斉に彼女の方に向けられた。〝あなたの咬んだものは、種ではなく国の恥なのだ〟とい言たげな刃のような視線であった。張寧は恥ずかしそうにうなだれて泣き出しそうになった。

しかし、その彼女に総書記がほほ笑みを送った。和やかな温かいそのほほ笑みが彼女を孤独から救い出した。張寧は感激のあまり胸がいっぱいになった。

ハンガリー、ポーランド、どの街に行っても街の中に公園が数え切れないほどあった。小鳥のさえずり、花壇、噴水、清らかな空気。中世の古き町の街道は、まるで高級じゅうたんのように、いくら歩いても靴を汚さない、彼女は驚いた。人間と自然の調和、人間の生命に対する情熱、そして生活へのひたむきな想い…人という生き物はもともとこういうところで暮すべきなのではないかと張寧は思った。街をゆく女性の赤いルージュ、目元の青いシャドウ、パーマをかけた髪の毛、派手な洋服、彼女は少しとまどいも覚えた。ブルジョア的ではないだろうか。東ヨーロッパの社会主義はどうしてこんなに中国とちがっているのか…張寧には難問に思えた。

アルバニアの街だけは熟知しているような印象を彼女に与えた。まるで北京か南京の街を歩いているようだった。同じような指導者、同じような人民、そして同じようなライフスタイル…この国の指導者が毛沢東とは親友であった。「世界中では、三分の二の人々はまだ地獄のような劣悪な生活環境の中で苦しんでいる。社会主義国家に生まれたからこそ君たちは幸せなのだ」と彼らは常に国民に言い聞かせていた。

一九六五年、二度目の異国への旅…　張寧の運命において、その年輪に深く刻まれた一人の青年がそこにいた。

4

ハンサムで雄々しく、知的でしとやかな彼。某国大統領のご令息。

中国青年芸術家代表団の歓迎レセプションが張寧と彼の出会いの場となった。彼女にひと目ぼれした彼は、公務以外でもよく宿泊先であるホテルに来られ、地方公演にまでついて来たのだった。張寧は彼の目から何かを感じていた。今までになかった何かを。そして、それを何となく恐れていた。訪問の最終段階である大統領主催の晩さん会が行われた。彼は彼女の前にやって来た。

「張さん、好きです」。突然、彼はぎこちない中国語で告白した。

空気が静止し、呼吸も止まった。何もかもが死んでしまったような沈黙の時が流れた。彼女はとまどった。

彼女がこれまでに受けてきた教育では、階級を超えた（彼女はプロレタリアートの血筋、彼はブルジョワジーの子孫）愛は存在せず、まして、彼女の年齢では考えられないことであった。彼女は表情を凍らせた。彼のことを無視した。

が、ホテルに戻った彼女は混乱した。考えても考えても分らず、ただ一刻も早く国に帰ることを望んでいた…。

ようやく、帰国の日がやって来た。空港に着いた張寧の心は万里にわたる青空とともに晴ればれしていた。これから数時間が経てば北京に、そして家に着く、そう思うとますます気持ちが逸り立った。

その時、突然五、六人の若者につきそわれ、彼が張寧の前に現れた。

「新しく改装した空港ロビーを御案内致します」と言って、彼女を囲んで歩きはじめた。彼はあれこれと丁寧に説明しながら、ほどなくロビーの裏口に近づいた。彼女はそこに黒いベンツが止まっているのを見た。危機一髪のところ、代表団のスタッフが現れた。

「ご親切に、ご案内頂きありがとうございます。そろそろ出発の時間がせまって参りましたのでこの辺で失礼させていただきます」と団長が言った。

「ありがとうございました」。彼女を含めた全員が彼に頭を下げて礼を言った。

塔乗口に再び彼がやって来た。そして身につけていた銀の短刀と襟元に巻いていたシルクの真白なスカーフを外し、彼女に手渡した。

「張寧、これを記念として受け取って下さい」

「ありがとうございます。頂戴いたします」

張寧は抵抗なく受け取った。規律では、そのようなことは拒否すべきこととされているのを知りながら…。

しかし、人類にとってあらゆる規律をも超えるものがある、それは純粋たる心に向き合う時である。それにわしづかみで手渡されればもはや拒否しえないものである。

5

飛行機は様々な人を乗せて、それとともに様々な夢をも運んでいった。空から降りたった飛行機と共に張寧は再びいつもの生活に戻った。

宝石は磨かねば光らぬ。春風が吹かずしては緑訪れぬ。

帰国後、張寧はあどけない少女からたちまち大人の女性となった。愛らしい顔つきは奇麗に、一層美しくなり、魅力あふれる女性となった。

少しでも彼女のそばに座り、いや立ってでもいい、話をするきっかけをつくろうとする男性がますます増えて、ますます懸命となっていった。そのうちに、そうやって男性に追いかけられるよりは自分から誰かにぶつかってゆこうと彼女は思うようになった。

李寒林という、小麦色の肌、やせた低い身長のオーボエ演奏者、歌舞団のバンドでも最も目立たない男性がいた。彼は自分でも張寧と話そうとは考えないような人だった。しかし、張寧の目が彼の方を向いた。時には朝日を浴び、時には沈む太陽を身に受け、彼は一人で芝生に座ってオーボエを吹いていた。その姿が張寧にとっては魅力的に思われ、次第に彼に魅かれてゆくのであった。

彼は真面目で無口な人だった。時に考え込んだりすることもあるが、口を開けば、その話はユーモラスなものだった。

彼は「幹部子弟」*ではなく歌舞団の中でも数少ない「工農子弟」*だった。

幹部子弟の生活、それは高級ミルクキャンディのように甘く、包み紙をはがせば、なにもかもが済む。彼らの辞書には苦労という二文字は見あたらない。張寧もそのような環境で育ってきたので、その甘い生活にちっとも魅力を感じず、逆に工農子弟のことを珍しがったり、新鮮に感じたりするのだった。

李寒林の両親は長年にわたり別居生活を続けていた。母親は彼の姉と弟を連れて蘇州の下町で貧しい生活を営んでいて、李は父親と一緒に南京の下町でつつましく暮らしていた。たとえ天と地がひっくり返っても、そのような彼と張寧が恋人同士になるとは、世間の誰一人として考えの及ばないところであった。

李寒林はサッカーが好きで、よく運動場でサッカーを楽しんでいた。張寧もすぐにサッカーを好きになり、彼の姿を運動場の一角で見つめていた。また、街へ出る度にお菓子や果物を買って来て、まず彼の部屋に行き、机の上に半分ほど置いて行くのだった。

又、食堂では張寧はいつも何げなく彼の隣に座り、何げなく話をかけ、そして何げなく彼と一緒に食器洗い場に行くのだった。

日曜日、張寧は自分から彼に誘いをかけた。

「中山陵に遊びに行かない？」

「え！」と李寒林は驚きながらも彼女にしたがった。

恋するのに組織の了解なしでは禁じられる時代であった。

青春とは若き鴎の如く、水の上を、土の上を、屋根の上を、また木の上を、どこかまわず飛んでゆくのではないだろうか。グリーンの軍服に固く身を包まれている彼らもまたその青春に巻きこまれ、無視できない規律を回り道して避けて、青春という渦中を進んでゆくのだった。

張寧と李寒林は、いつも別々に守衛を出て、別々に帰ってくるため、彼らが一緒に行動しているとは誰一人思いもしなかった。

二人はいつも中山陵にある参天古樹の陰に座り、一週間もためこんだ話を語り合い、それぞれの昔話や、また将来の理想にまで話は及んだ。ままごとを楽しんでいる子供たちのように二人もそのままごとに熱中していた。

生活、それは彼女にとって詩であり、絵画であり、ロマンスそのものであった。

しかし、時代は大動乱に向かった。文化大革命が始まっていた。中国全土が爆発し、「桃源郷」だった衛岡大院もその狂風にのって燃え出した。旗をあげた若者たちが軍区指導部に「造反」しようとした。軍区指令官は雷さえ落とそうとする勢いで怒った。

「歌舞団のガキどもは『不知天高地厚』（天の高さも地の高さも知らず、いわゆる世間知らずで愚かなさま）の馬鹿だ。彼らを基層部隊に下放*させて厳しく訓練させろ！」と命令を下した。

張寧と李寒林を含め造反しなかった数人は下放されずにしばらくの間、家に戻ることとなった。

恋人同士は、のんびりする日ほど忙しいとよく言われるように張寧も母親の目を盗んでは、彼と会っていた。

しかし、娘の行動に最も敏感なのは何といっても母親である。母親の目は娘とその恋人のことを見逃すはずはなかった。そのことに気付いた母親は歌舞団政委（ひとつの軍集団の中で最も権威のある役）のところに飛んで行った。

李について詳しい情報を得るためだった。母親は履歴書も含めて彼のことを記するものをすべて読んだ。そして友人である軍区参謀長夫人に彼の家族状況についても調査してもらった。その結果は二人の関係が絶対に不可能であると結論づけた。李寒林の上司や周りの仲間たちはそのことに驚嘆しながら彼女とのつきあいを止めるようにとすすめた。その忠告を受け入れなかったため彼は日々、周りの冷たい視線を感じるようになった。彼はとまどった。聖たる革命家族にとって、自分という存在は何であるのか。彼は自分に問いただし、その解答を見つけられないまま、不安におそわれた。周りの言葉、すなわち彼が彼女にふさわしくない人間で「侵略ものだ」という指摘に動揺する気持ちさえ現われるようになった。

一九六六年、冬、中山陵で、軍コートをはおった二人は大理石の長い階段に座っていた。呼び出したのは張寧の方であった。彼女はきっぱりと言った。

「他人に何を言われようと、どんなふうに見られていようと、私はまったく気にしません。自分のことは自分で決めるつもりです。あなたとのお付き合いはこれからも続けるわ」

それをきいた彼は悪夢から目覚めたように再び心が熱く燃えた。彼もまたしっかりとした口調で言った。

「張寧、君がぼくにはもったいない人だということは百も承知している。だけど、ぼくには、君のことを幸せにしようという気持ちは、他人の百倍以上もある。君を世界一幸せにして見せる」

「……」

固い決意を語り合った二人は、心の重荷を降ろし、ほっとする時を迎えた。激しく吹く北風さえ、春風のように思えた。二人は初めてキスを交した。熱く熱く…。

想いを一致した二人は街のレストランに入り、思う存分食事をとったあと、写真屋に入った。婚約写真を撮るためであった。すべては決まったと張寧は思った。彼女の気持ちは晴れやかになった。

夏が来た。梅雨の上がった日曜日、張寧の母親は家中のものを太陽の日差しにあてようと思い、衣服を干しはじめた。娘の洋服ダンスをあけ、一枚一枚と服に風を通した。そうしているうちに彼女はタンスの中に一枚の写真が入っているのに気付いた。その写真は李寒林との婚約写真であった。

戦場で弾丸に当たったかのように、母親の血液の循環が止まった。そして、すぐさま一種の恐怖感が脳から全身へと浸透していった。まさか。

母親は張寧を呼んだ。写真を手にした母親は彼女にたずねた。

「どういうことですか?」

「彼と婚約したわ」

「なんだって?」

「だって…」

「あなたはまだ十七歳よ。そんな勝手なこと絶対に許せないわ」

「……」

母親の心配は限りなかった。歌舞団も大革命で管理がゆきとどかなくなり、若い二人がいつもこそこそしていれば…　もしものことがあったら冥土にいる父親に対する申し訳が立たない。またそれと同時に自分の革命家庭がどうなるかも彼女にとって頭の痛い問題だった。

しかし、母親はさすがに革命に参加した経験の持ち主だけあって、その現実を直視し、自らの冷静を保った。彼女は娘に言った。

「婚約までしたからには彼をお母さんに紹介しなくてはいけないわね。お母さんの方からもお話しがあるから、一度、彼を家に連れて来て頂だい」

李寒林は緊張して、ぽかんとした表情で家へやって来た。

「李寒林、単刀直入にお話しするわ。あなたにどうしても気をつけてほしいことが二つあります。ひとつは、娘は小さい時からわがままな面があるので何事についてもあなたは彼女に譲ってやって頂だい。それからもう一つは、あなたたちはまだ若いから、友達としてなら認めますが、婚約なんかは認められませんよ。外の情勢も混乱していることですし、くれぐれも慎しんでもらいたいものです」

「はい、承知しました」

張寧の家をあとにして、李寒林の胸には自信が再び湧いてきた。恋愛は許されないというものの、絶交は命じられることなく、まして友達としての関係は許された。あの日の熱いキス、あの時の興奮がなぜか再び心にあふれてきた。

それから二人は、堂々と交際するようになった。周りの人達が「理解できない」といぶかしがっても、二人は世界が自分たちだけのものと考えていた。彼は張寧のことをこよなく愛していた。彼女のために洗濯をし、料理を作る。彼女の意思ならば、火の海へさえ身を投じる覚悟はできていた。

彼女は彼の上帝であり、彼は彼女の楽園であった。

その頃、北京の天安門広場では、毛沢東と林彪副主席が八回にもわたって紅衛兵を接見していた。中国は沸き立っていた。南京も、軍区機関も空前の騒ぎの真っただ中にあった。

社会を変革するならば、先に現実を変革できる力を探すこと。土豪や地主を打倒するには、農民の力で、古い幹部や革命先輩を打倒するには、若き紅衛兵の力で…共産党らしいかつ賢明なやり方であろう。

国家主席であった劉少席をはじめ、邓小平、楊尚昆、彭真、羅瑞郷、陸定一、… 中国の革命の先駆者たちが次々と打倒されていった。

狂おしい中国！

悲しい中国！

理性を失った中国！

だが、独裁者の「理性」にしっかりと支配されていた中国……。

張寧はこの現実をどう受けとめるかについてただただ迷うばかりであった。彼女は相変わらず赤いえり章に赤い帽記章をつけ、相変わらずの裕福な暮らしを続けていた。

軍人という最も羨望される職業を持ち、あまりにも恵まれた環境にいる張寧は、益々厳しくなる中国の現状をほかの青年たちのようには考えていなかった。

張寧は現実から逃げて、彼という楽園の中でのんびりと日々を送ることにした。そして乱れた世から遠く身を離していようと二人は考えた。

張寧の生活は依然としてバラ色の物語の中にあった。

*注

*これは歴史劇で、十六世紀後半、明の高官であった海瑞が帝が政務にかえりみないことをいさめたために捕まえられ、免官されたという内容だが、一九五九年の廬山会議において彭徳懐が毛沢東をいさめ、批判されたことと読みかえることができる、と、同時代の中国人なら誰でもそう感じていた。

*幹部子弟：主に軍のあるランク以上の軍官たちの子供のことを指す。

工農子弟：軍以外の市民レベル及び労働者たちの子供のことを指す。

*下放：条件の厳しい、重労働を主とする場所に行かせること。

第二章　お妃候補

1

一九六九年十月二日

林彪は毛家湾で呉法憲（空軍司令）を呼び寄せた。

「君を呼んだのは虎（息子の林立果の愛称）のことを聞きたいと思ったからだ。彼の空軍での仕事や評判などはどうです？」

「大変立派でございます。副主席のご指示を常にお伝え頂き、運用の指針とさせて頂いております。彼が空軍にいらっしゃることは空軍全体の建設にとっても重大な意義を持つものであると考えております」

「空軍は我が国にとって新しい軍種である。世界各国も空軍の発展に力を注いでいる。私もまた時々空軍の研究をしている。特に空軍作戦訓練の仕方についてね」

「それは空軍にとって幸福であり、光栄でございます」

「だから、私は虎を通じて空軍の状況を、また問題点などを掌握し、空軍の建設を手助けしようと思っているのだ」

「ありがとうございます。林立果さまが空軍にお入りになったことは林副主席がそばにいらっしゃるようで大変心強い限りでございます」

「空軍の作戦訓練状況、そして戦術的な問題などをいつも理解するため、虎を作戦部副部長に兼任させてはいかがかな?」

「はい、素晴しいご提案を頂き有難うございます。さっそく立果さまに対し、空軍司令部作戦部副部長兼空軍司令部執行局次長との辞令を出させて頂きます」

「悪くないね。息子も娘も空軍に入れた。私は君に手を貸すことをいとわない」

「おひきたてとご高配を心から感謝申し上げます。ご令息とご令嬢のお二人を空軍にお入れ頂いたことは空軍に対する高きご信頼でございます。豆豆(林立衡の愛称)も空軍新聞社副総編集長に昇格致します」

「それもいいだろう。豆々も立派に成長させるためだ。まあ、勉強も仕事ということかな」

翌日の午後、呉法憲は空軍司令部参謀長兼執行部局局長王飛氏、次長周宇馳氏そして林立果を司令官室に呼んで、辞令を交付したのち、次のような指示を与えた。

「今後、空軍のすべての状況を林立果同志に報告し、すべてのことを林立果同志の指揮の下に行わなければならない。今すぐ幹部会議を開き、この旨を伝えなさい」

「はい、承知いたしました。今後林立果副部長の一切のご指示に従います」

王飛と周宇馳はそう言って直ちに命令を受けた。

一九七〇年七月、空軍三総部（司令部、政治部、后勤部）が「両個一切」（二つの一切。ここではすべてに対して服従するの意）という措置を制定した。空軍党委員会は「両個一切」を貫徹するため、次のような指示を出した。

「重大問題の一切、例えば業務計画、そしてそれについての決定、幹部調整及び重要問題の処理などを時宜かつ主動的に林立果同志と林立衡同志に報告しなければならない。また大きな問題は遅れず手抜かりなく報告し、小さい問題は余計な面倒をかけず、自分で処理しなければならない。林立果同志の指揮に誠実に従うこと」

七月三十一日、空軍司令部幹部大会に、林立果の講演会が盛大に行われた。のち、呉法憲がその講演を評価し、次のように称した。「空軍に打ち上げられた政治衛星である。」また、周宇馳も「林立果同志は天才かつ全才。まさに中国第三後継者（父親である林彪は毛沢東の後継者として第二の後継者と呼ばれていた）である」と担ぎあげた。その講演稿は彼らの手によって一冊の本となり、空軍の中でも七〇万部の売れゆきであった。

林立果―北京大学理工学部物理学科を卒業後、二年のち、二十五歳という若さで「風雲変約」（変化目まぐるしい）たる中国政治の舞台に華々しいデビューを飾ったのであった。

2

一九六七年一月二十四日、中国人民解放軍総後勤部構内。部長の邱会作氏（党中央政治局委員、中央軍事委員会委員）は大革命の波にさらされ、群衆の厳しい批判の矢面に立たされていた。その夜、邱氏は葉群に助けを求める手紙を出した。「林総。どうか私を助けてください…今後も今までと変わらず、命ある限り副主席についてゆきます…」

手紙を受け取った葉群は迷った。林彪の古い部下でもある邱会作に助けの手をさしのべるかどうかを何日もかかって考えた。結局彼女は林彪に決めてもらうことにして、手紙を見せた。それを読んだ林彪は陳迫達（党中央政治局常務委員）を呼んで、自筆による命令状を書きそこに陳のサインをつらねて出した。――「即時に邱会作氏を放することを命ずる」

深夜、指令を手にした葉群は秘書と警備員たちに付き添われ、車二台に分乗し、総務局構内にある建物の会場に入った。いきりたった拍手の中、葉群が講壇に登った。

「紅衛兵のみなさん、若き闘志諸君、こんにちは（拍手）。林彪同志がみなさんによろしく伝えるようにと申しておりました。皆さんがここに宿をとっていると聞き、わざわざ私を見舞に来させたのです。あなたたちの革命造反精神を大いに支持する、とおっしゃっておられました…」

これに対して紅衛兵代表が応えた。「ありがとうございます。林副主席によろしくお伝えください」彼らは声高らかに「葉局長に敬意を表する」とスローガンを叫んだ。そこにおいて葉群は、ここに来た本来の目的を達しようと言葉をついだ。

「ところが、邱会作の体調がよくないらしいのですが、林彪同志のそれについての意見はこうです。人道的に彼をここから出して、病気の治療をさせること、ほら、ここに林彪同志と陳伯達同志の自筆による指令があります。みなさん、ご覧下さい」。これを見た紅衛兵幹部は敬礼をしたあと答えた「林副主席のご指示を断固支持致します」。こうして、邱会作はその場で釈放された。

そのあと、葉群は「もう一度林副主席に代わって諸君たちの造反行動を支持します。頑張って下さい」と言葉を残し、会場を後にした。

この窮地からの救出に対し、大変感激した邱会作は《零点得救》（零時に救いを得た）という日記を書いた。「一月二十五日、午前零時。私にとって新しい生命を獲得した時刻であった。林副主席が危険に身を挺し、夫人自ら私を救いにやって来られた。私の知る限り、このようなことは全軍においても先例のないことであった」

三月十七日。葉群は中央文革（党中央における文化大革命指導部）の例会に出席し、邱会作についての評価を出した。「建国以来、后勤部長が四名数えられるが、邱会作こそ最も優秀な一人である…」

翌年一月二十四日〝零点得救〟の一周年に際して、邱会作は林彪に象牙で作られた屏風を贈った。

贈り物には手紙が添えられてあり「海枯石乱心不変」（たとえ海が乾いても、石が腐っても、私の心はけっして変わりません）との気持ちが重ねて表明されていた。

一九七〇年四月、葉群は返しとして邱会作に自作の詩を贈った。「寧可枝頭抱芯老、不能揺落墜西風」（枝先で芯を抱いたまま死んだとしても、西風に揺れて落ちることはけしてない）と書かれており、同時に気持ちが変ってはいけないとの忠告も添えられていた。それをもらった邱会作は自分の変らない気持ちを示すため、この詩を硯の上に刻みつけ、再び葉群に贈った。

一方、邱会作の妻である胡敏氏も林家に〝特別贈物〟を贈呈しようと考えた。それは「年齢二十歳前後、身長は一六〇㎝から一六五㎝、太っていず痩せてもおらず、目は大きな二重瞼、そして肌は白く柔らかく、スタイルはモデル以上、歩き方は端正荘重、標準語をしゃべる女性。そしてまとめとして革命家庭で育った女性」であった。

この時から邱会作家は中国の第三代後継者夫人、いわゆる林立果のお妃選びに奔走することとなった。

一九六八年、春、胡敏が南京にやって来た。南京入りをした名目は「中央軍事委員会事務局職員」を物色することであった。

そのころ、出張先の上海から帰ってきた張寧は部屋に入ると、机の上の写真がなくなっていることに気付いた。同室の人が政委が持っていったと教えてくれた。彼女は政委に尋ねた。

「政委、私の写真をお持ちになったそうですが…」

「あっ、あれか。実はね、君の父上の友人が南京にやって来られて、君の成長ぶりを見ようと歌舞団までできたが、あいにく君は出張だったのでせめて写真でもいいと思ったんだ」

「そうですか。どうもありがとうございました。ところで写真は…」

それを聞いた政委は引き出しの中を捜しながら「おかしいな、どこに入れたかな…見つけたらすぐに返すから心配しないで」と言った。張寧は政委に厚い信頼を寄せていた。それは職務とか彼の権力のためではなかった。彼の夫人が母親と同じ地元の革命同志であり、また自分は十歳で軍に入ってから、ずっと政委のまなざしの下で大きくなったからであった。そのことは彼女に自分の身に心血を傾けたのは親以上であることも考えさせた。また、幼い頃に父親を失った彼女にしてみれば、政委のことを父親がわりのように思えたのだった。そのため、写真一枚のことを深く気にはかけなかった。

年が明けて、指導部から張寧に通知が来た。北京に出張する任務が与えられた。しかし具体的な仕事の内容は書かれておらず、出発前に政委から説明があると秘書に言われた。身の周り品を詰め込んだ鞄を持って張寧は、政委を訪ねた。

「政委、これから出発いたしますが」

「あ、ちょっと待って、すぐ終わるから」

政委は何かを書いていた。そして黄色封筒と小包を張寧に渡して言った。

「これは胡敏同志への手紙と土産だ。必ず胡敏同志に直接渡して下さい」

「胡敏同志って誰ですか?」

「邱会作総長の夫人です。昔、新四軍にいた頃、ぼくの上司でもあった方だ」

「そんなおえらい方に、私などが渡すなんて…」

「何を言っているんだ、渡してって言うんだから渡してちょうだい、これも命令だ…。あ、それから、省革命委員会から劉林という同志が旅のお供をするそうだ」

「私と一緒に?」

「あ、重要任務だから必要なんだよ」

「そうですか。では、任務のほうは?」

「君たちは先に行って、下見をすることになっている。こちらの準備が整い次第すぐに行く」

政委の言った全ては情にも理にもかなっていた。

華北平原を疾駆する列車に張寧と劉林は乗り込んだ。車窓から眺めると、雪景色が無限に広がり、銀色の世界がどこまでも続いていた。劉林は張寧の向かいの席に座り、顔を窓に向けたままだった。張寧は何度か話しかけたが、二言三言で話は途切れた。彼は全く応じそうに見えず、始終何かを思い煩っているようだった。

北京に着いた。駅を出た二人を空軍の軍用車が待っていた。

出迎えの青年軍官が車のドアを開け、張寧と劉林をうしろ座席に座らせ、自分は助手席に座った。車は駅前の広場を回り、東郊にある空軍専用ホテルに向かって走り出した。青年軍官の案内で彼女たちは本館に入った。張寧と劉林には、それぞれ二階、一階と部屋が用意されていた。

部屋に入った張寧は驚いた。クリーム色で統一されたカーテン、ソファ、ベッド、じゅうたんと、ゴージャスそのもの。又、部屋全体が春風に包まれたかのように心地よい暖かさを保っていた。

午後になってから劉林が初めて張寧の部屋を訪れた。彼の背後には二人の女性軍官がおり、一緒に入って来た。劉林が口を開いた。「紹介します。この方は邱会作事務局局長の胡敏同志。そしてこちらは胡敏同志の秘書の王士雲同志です」

張寧は軍礼をしたあと「張寧と申します。どうぞよろしくお願いします」、そして政委から預かってきた手紙と小包を胡敏に手渡した。胡敏は手紙を開封しながら「気をつかわせて悪かったね」と言って、文面に目を移した。そのとき張寧は胡敏を一通り眺めた。長身の体に透明に近い白い肌、全身にエレガントな風格が溢れており、とても五十歳を越えた女性には見えなかった。

手紙を読み終えたあと、胡敏の表情には輝きがのぼった。彼女は張寧の手をとって優しく声をかけた。

「この部屋の住み心地はどうですか?」

「はい、私はごく普通の女子士兵ですが、首長から、このようにご高配いただき大変恐縮に存じます」

「張寧、遠慮することはないですよ。首長や高配なんかを言って…。北京に来たら家に帰ったのと同じなんだから、いらないことは言わない。さあ、今日のところは旅の疲れもたまっていることでしょう。ゆっくりと休んで頂だい。また明日に来るわ」

その翌日の朝、張寧は南京に電話し、北京でのことを報告した。南京からは、二、三日のうちに人が行くのでそれを待つように、とのことだった。

部屋に帰った張寧は刺繍のミニセットを取り出し、蘭の花を縫いはじめた。前回、上海への出張の時も任務を待つことを命じられて、延安ホテル（軍専属ホテル）で数日過ごしたが、結局何もなく、南京に戻った。それで今回もそうなるかも知れないと思い、時間をつぶすために刺繍セットを用意していたのだった。布に針を通しながら、胡敏のことが頭に浮かんで来た。彼女はこれまでに会ったどの軍高級幹部夫人とも異なり、気位の高いところは感じられなかった。そのことは彼女の天性なのか、それとも王政委の小包のためか、張寧には推測できなかった。それより彼女が今日ここに来ると言ってらしたけど、来るはずないわ… でも、おしゃった以上、来られるかも… 私のような芸能士兵に、一体どんな話があるというのかしら。まさに「対牛弾琴」（ねこに小判、馬の耳に念仏の意味）とは、こういうことかしら？ 張寧はここまで考えると不意に笑った。

その時、扉が開いた。陸軍、海軍、空軍、それぞれの軍装に飾られた五十代と見られる女性五人が入ってきた。張寧はすぐさま立ち上がった。

「座って、座って、気にしなくていいよ。ちょっとうろうろしに来ただけだから」

その言葉に張寧は彼女たちがこの階に泊まっている方で、雑談しに来たのではないか、と思ったが、すぐにそういう雰囲気ではないことに気付いた。というのも彼女たちは張寧がまだ何も言わないうちにそれぞれ座っていたからだった。張寧も腰を下ろした。そのとたんに十の視線が大粒の雨のように一斉に浴びて来た。

その目つきは、女性が物を選ぶ時の独特なもので、張寧の全身をじっくりと見ていた。張寧は緊張しながらも、彼女たちをちらっとのぞいた。彼女たちの顔からは権力のいかめしさがうかがえた。身を包んでいる軍服も貴婦人としての豪華さときらびやかな風格をいささかも遮ることができないように見えた。

張寧はとまどった。何を言えば、何をすればいいのだろう。立つべきか、座ったままでいいのか、全く分からない。どうしよう、どうすればいいんだろう。彼女の心の中はそのようなことが矢継早に考えられて混乱するばかりであった。その時、聞き覚えのある声が扉の外から聞こえてきた。

「張寧、私が来ましたよ」

現われたのは胡敏であった。緊張の糸がほぐれた。彼女が入ってくると、女性軍官たちが立ち上がって軽く会釈してから部屋をあとにした。

胡敏は一層の親切と情熱を張寧に注ぎ込んできた。彼女は甘く優しい言葉をかけたのち、また風のように去って行った。

部屋に静けさが戻った。張寧は大きく息を吐き出し、もう一度刺繍を手にとったが、なぜか息苦しくなって廊下を散歩しようと扉を開けた。廊下でしばらくうろうろとしている張寧はふと不安になった。もしかすると、この階には、自分しか泊っていないのでは、その考えを確かめようと、彼女は二階のフロントに尋ねた。

「二階には二十ほど部屋がありますよね」

「はい」

「泊まっているのは私だけかしら」

「はい」

午後を過ぎ、今度は男性軍官八人が部屋にやって来た。彼らの年齢は様々であるように見受けられた。空軍服を着た青年軍官がまず口を開いた。

「我々はご宿泊の状況を見に来たのです。一日経ちましたが何かお困りのこと、あるいは必要なものはありませんか」

「いいえ、けっこうです。気をつかってくださってありがとうございます」

張寧はわけもなく突然スリラー映画の場面を思い出した。今回の北京の旅は、ほとんど自己紹介の必要がなく、事前予告も皆無、という不思議な旅だ。もしかすると大変な任務になるかもしれない。

しかし、誰も何も教えてはくれず自分から聞くこともできない。でも、軍人なんだから、命令に従うこと以外は考えないことにしよう、と張寧は自分に言い聞かせた。

彼らは、張寧の答えを得たあと、去ろうとせず、なぜか軽快に談笑をはじめた。それを見て張寧はとまどった。

どうしてかしら、どうしてこの人たちはここで談笑しているんだろう。分からない…。そう考えているうちに向かい側のハンサムな青年軍官の視線に張寧は気付いた。そういえば彼だけが終始みんなの会話に入っていないわ。私を見るあの視線もそれとなく、そしてそこには深ささえ感じられる。この中で最も若いはずだけど、他の人たちは、彼に対して十分な配慮をしているようだわ。彼が、この中では十分な威信があるみたい…。

ホテルの人が果物を持って来た。張寧はそれを彼らに配った。彼のところに持って行った時、他の人たちよりも数秒間程度の時間をかけた。彼女は彼を近くで見ることができた。がっちりとした身体には力量感があふれ、濃い眉毛は整った顔だちを強調していた。彼の視線もまた彼女の顔に注がれた。二人の視線は出会い、すぐ離れた。

三日目、彼が今度は若い女性軍官と二人で訪れた。顔だちから二人は姉弟であることが判断できた。依然として自己紹介もなく、彼らはソファに腰かけた。女性軍官は最初の話題として、軍の芸能界に関することをとりあげた。それから張寧の行った国々の風土、人情またその国の首脳への印象などを尋ねた。

張寧は彼女の淑やかさとおだやかな話し方にとても好印象を持った。北京に来てからずっと緊張と混乱の連続で、疲れた神経が彼女の来訪によって和らげられたような気がした。彼女は人の気持ちを大切にする方のように思われた。張寧が答えられないことがあった時やはっきり言えない場合には、すぐに話題を変え、人の気持ちを察してリードする方法を知っていた。張寧に優しく気づかい、リラックスさせながら楽しい会話を交した。彼だけは相変わらず無言のままであった。

会話を終え、二人は立ちあがった。張寧の編んだ髪を指して彼女は彼に言った。「きれいな髪の毛ですね」と。彼は「えぇ」とだけ答えた。二人は部屋を出て行った。気が付くと張寧は二人を廊下の階段まで送っていた。三人とも無言のままであった。

フロント係の人が二人を見た途端、起立したことに張寧は気付いた。フロントに戻り、張寧は彼女たちに尋ねた。

「先刻のお二人は知っているの？」

「えーッ、ご存じないんですか？　お友達ばかりと思っていた……彼らは李政と李果だそうです。女性は李政、男性は李果で、大変な地位を持つらしく、兄弟みたいですよ…。ところで一つ聞いてもいいですか？」

「何かしら」

「あなたは何とおっしゃる方ですか？」

「張寧と言います。南京軍区のものです」

「分かりました。お父さまは張春橋でしょう」

その言葉に対して否定しようとした張寧の傍らに、劉林が突然現れた。

「今晩、胡局長から人民大会堂で模範劇を見るとのお誘いを頂いたので、行く準備を…」

3

彼女の名前が林立衡であることを後になって張寧は知った。彼女は師府千金（千金とは令嬢の敬称。師：林副主席のこと。林彪の御嬢様という意味）で、《空軍新聞》の副総編集長を勤める、二十七歳の大佐だ。弟は空軍作戦部副部長……、呉法憲を除けば、百万兵力を超える中国空軍は林兄弟の手に握られている。もう少し誇張して言えば、この兄弟さえ望めば万架の戦闘機も彼らの玩具である。

「満足」「選択」といった言葉は、あの兄弟の人生辞典には存在しなかった。しかし、当時、林立衡の境遇はそんなに甘いものではないようだった。

張寧は林家で長年働いてた王淑媛氏から次のような話を聞いた。ある日、王淑媛が林立衡の部屋で彼女と世間話をしていると、そこに秘書がやって来て葉群が呼んでいると伝えた。林立衡が尋ねた。

「私が呼ばれる要件をご存じ？」

「いいえ、知りません。ただ葉局長はご立腹の様子ですのでお気を付け下さい」と秘書は答えた。心配になった王淑媛は彼女のあとについて行ったが、部屋に入れないため入り口で待っていた。

葉群は暗い表情でソファに座っていた。林立衡が入るやいなや、母親の冷たい視線に止められ近寄ることもできず目を下に向けた。そしてかろうじて「局長、お呼びですか？」と細い声で言った。葉群はソファを立って、人指しゆびで娘の顔を指しながら、大声で叱り始めた。

「おまえは、私が母親であることを忘れたの？　おまえの目には、この母親はうつっているのですか。私はこれまで苦労しておまえを育てて来たのに、いまでは大人になって出世もしたというので母親の話には耳をかさないってわけなの？」葉群はそう言いながら一層怒りを増し、ついには娘の頬にいきなり平手打ちを加えた。ますます声を高めて、語調を荒げて言うのだった。

「おまえが私に隠れて、こそこそやっている事を、私が知らないとでも思っているの？　はっきり言うけど、私の生きている間は空軍のあのガキとの結婚は絶対にできないわよ」

林立衡は泣きながら走って自分の部屋に戻った。

その翌日、夜になっても林立衡は食事に下りて来なかったため、王淑媛は心配になり、彼女のところへ行った。林立衡はベッドに横になっており、顔色は青く目も腫れていた。

王淑媛は葉群に彼女の様子を報告した。

「葉局長、豆々は病気ではないでしょうか。三〇一病院で見てもらった方がよろしいのでは？」

「大丈夫。彼女は死ぬことはないから。安心しなさい」

そう言うと葉群は娘の部屋に入り、いきなり言った。

「病気を装ってるの？　そうやって驚かすつもり？」

「いいえ、病気ではありません。ちょっと休みたいだけです」

「病気ではないなら、今すぐ起きなさい」

葉群は娘を引っ張ったが娘は起きようとはしなかったので、怒り出して娘を殴ったり、蹴ったりした。

その様子を見た王淑媛は慌てて秘書たちを呼んできて葉群を落ち着かせ、林立衡の部屋を出て行った。

王淑媛は心配で心配で仕方がない。再び林立衡の部屋をたずねると林立衡はぐっすりと眠っていた。それを見てほっとした王氏は部屋を片付けようとしたが、そこに散乱している睡眠薬の瓶を見つけ、驚いて叫びながら部屋を出ていった。

「誰か助けて、豆々が自殺を…助けて！」

毛家湾は慌てた。三〇一病院の高級幹部用病棟も慌てた。

母親の暴力に耐えかねて娘が三度も自殺を図ったことを林彪は知らなかった。それには三つの理由があった。林彪はお坊さんが修行するように終日自分の部屋に閉じこもってはじぃっと座ったまま考え事をし時を過ごしていた。彼は人に邪魔されるのを嫌った。二つ目の理由として、葉群が林彪事務局に所属するすべての人に豆々のことを林彪に報告することを禁じていた。最後に林彪の健康状態であった。彼の身体はすでに衰えつつあり、娘の自殺というショックに耐える力がないことに皆が配慮したのであった。

幸いにも、三度とも自殺は未遂に終わった……。

一方、葉群が全国規模で「お妃選び」や「お婿様選び」をするのは子供たちのためでも、林家のためでもなく、彼女自身のためであった。林彪は子供達のことを「掌上明珠」（目の中に入れても痛くない）のように可愛がっていた。それだけではなく、林彪にとっては二人の子供が外での〝目〟や〝耳〟ともなっていたため、親子の会話が定期的に行われていた。そういう面では葉群は孤独を感じていた。おまけに葉群と子供達の関係は、いつからか親子の関係ではなく、政治的立場での上下関係となっていた。その結果、家の中では一対三という劣勢の立場に彼女は立たされることになった。そして、これ以上の敵を増やして一対五となるのを恐れたため子供たちの婚約相手が自分に従ってくれることも条件の一つにしたのであった。

一九六九年、北京。葉群は書類審査に合格した青年二十数人と対面した。（もちろん本人達には分からないように事前の演出がなされた）彼らのほとんどは、知識人、大学生、タレントであった。

姉弟二人は、次から次へと親の部下に連れて来られる人に会うことが「お勧め」のようなものであると最初は思っていたが、そのうちどうも「お見合い」らしいといぶかしみ、葉群のオフィスに行った。

「局長、そのようなことは良くないことだと思いますが」と虎が言った。

そう言われた葉群の表情が曇ってきた。

「豆々、虎、よく聞きなさい。私はあなた達のために一生懸命やっているというのに、どうしてあなた達は私に感謝してくれないの？　より多くの方に推薦してもらうことはあたりまえのことですよ。分かったわね！」

「………」

子供たちが帰ると、葉群は林彪の部屋に向かった。

「首長、豆々と虎は二人とも大人になりました。そろそろ結婚問題についても考えなければならない時期が来ていると思います。私はいつも目が回るほど忙しいので、ほとんどそういう余裕がありません。だから長年つきあいのある古い部下たちに頼んでもかまわないかしら」

林彪は目を閉じてしばらく考えると、「『興師動衆』（おおげさに人を動かす）、こんなことはしなくてもいいだろう」と低い声で言った。それに対して葉群は言い訳を考えた。

「子供の結婚問題というのはどこの家庭でも大切なことの一つですよ。私はただうちにより理想的な人が来て欲しいだけなんです。特に虎のお嫁さんになる人には、花のように美しい容貌がないと、首長だって不愉快でしょう。まして世の中には子供の結婚なんてどうでもいいと思っている親などどこにもいないわ。私たちは親でありながら、中国革命ひいては世界革命という大きな課題に直面している者でもあるから、普通の親のようにはいきませんし、とはいっても無関心というわけにもいきませんわ。今、毛家湾に入りたがる若者は数多くいるから、政治審査だけでも大変ですよ。友人や部下の助けを借りる以外に方法がありませんもの」

林彪は眉をしかめて「もういい、それなら部下にやってもらいなさい。ただし、最終的に子供たちの意見を尊重しなければならないよ」と言葉を投げ、葉群の主張をほぼ認めた。それを聞いた葉群はうれしくてたまらず、秘書に子供たちをすぐに自分のオフィスまで連れてくるように指示し、林彪の部屋を出ようとしたが、林彪の声が彼女を呼び止めた。

「そうだ。以前、東北で戦ったとき、そのあたりの女性がきれいだったような気がする。そちらの方で探して見てはどうかな」

「はい、わかりました」

林彪の部屋を後にした葉群は、ますますやる気がわいてくるのだった。呼ばれてやって来た姉弟を前に葉群は言った。

「私のやっていることを全て首長に今しがた報告したところです。それで首長の支持も得ました。そして、東北に行ってみてはという提案も頂きました。あなたたちは、これでもまだ言いたいことがありますか」

姉弟は二人とも黙ったまま何も言わなかった。

林立衡の自尊心は悲しさに打たれた。彼女と弟は幼い頃から王淑媛の世話を受け、両親にめったに会うことはなかった。二人は朝、一緒に学校へゆき、昼食も一緒に食堂でとり、そして、帰り道を一緒に歩いた。国民の想像を裏切り、専用車もなかった。

夕食を終えるといつも二人は懸命に宿題を書き、一度だって暴れたことはなかった。姉はおとなしく、弟はしっかりしていた。大きくなった二人は、また一緒に北京大学に、姉は文学部、弟は理学部へ入学した。

林立衡は弟がどんな女性を必要としているかは誰よりもよく知っていた。弟の幸せを他の誰よりも切々と願っていると同時に心配もしていた。それは母親に対する警戒心から生まれたものでもあった。ある有名な外国小説の冒頭にこんな言葉があった。「世の中、権力欲こそ、人を中毒させてしまうものである」。林立衡は家に権力欲を持つ女性がもう一人増えることを恐れていた。弟の家庭は心地よく安らげる温かい一角であって欲しいと希う一心だった。

張寧は林立果の視野に入った。そして林立衡の弟を思う心にも叶っていた。

………。

4

その夜、胡敏が果たして張寧と劉林を迎えに来た。張寧にとって、人民大会堂で《紅色娘子軍》（赤い婦人戦闘隊）を見ることは、かねてからの願いであったため、喜んで行った。席に着いて、しばらくすると前方の専用ドアが開けられた。中国政治舞台に立つ大物がきら星の如く揃い、お入りになった。江青、葉群、陳伯達、康生、張春橋、姚文元、黄永勝、呉法憲、李作鵬、邱会作、皆きちんとした身なり、大様な表情、時には会話して笑いあう、穏やかそのものである。先頭を歩いていたファーストレディー江青はさすがに女優であった見目を持ち、堂々と背筋を伸ばす、その歩き方には、美しさがあふれていた。そのうしろに続く葉群は見事に「旗手」らしく振る舞っていた。

中間休憩に入り、胡敏が「何か軽く食べましょう」と張寧を誘った。張寧がお腹が空いていないと言うと、胡敏は「じゃぁ、いっしょにいらして…」と言って張寧を二階のホールに連れて行った。

黄永勝、呉法憲が現れた。呉法憲は仏のように目を細めてほほ笑んでいた。一方、黄永勝は大きい声で「この娘さん、何処から来たの？」と聞いたので、胡敏は張寧を黄の前に引っ張ってゆき、「首長、彼女は南京軍区前線歌舞団の張寧です。かわいい娘でしょう」と言った。

「かわいい、かわいい、しかし顔だけではまだ足りないよ。常に勉強に努力しないといけないよ。まず、毛主席に忠実であり、林副主席に忠実である女子戦士になることだ」首長はやさしく彼女に声をかけた。それを聞いて、張寧は感激のあまり「はい」としか言葉が出なかった。

続いて、李作鵬がやって来て、紹介や挨拶が交された。

そのあと、胡敏は張寧をもう一つ別の大きなホールに連れて行った。張寧にとって人民大会堂は巨大な迷路のように思われた。何だかとても不思議な気分の中で、この大会堂のバランスのよさに驚いていた。しかし、もっと不思議なことがあった。葉群が、あの葉群がまるで天から降りて来たように張寧の目の前に現れた。葉群はリンとした姿勢で張寧の方へ近付いてきた。軍の慣例では、こういう場合は首長が先に話しかけない限りは、兵士が自分から進んで挨拶をすることは禁じられていた。副統師夫人の目は冷ややかで厳しく、張寧はそれに対して頭を下げて息を潜めることしかなかった。葉群が張寧の前をゆっくりと歩いていた。そして彼女がほんの五メートル先で自分の方を振り返って見ているのを感じた。

その時、突然胡敏が壁に掛けられた山水画を指しながら張寧に言った。「張寧、この画はいかが？評価してみて…」胡敏の指はちょうど向こうにいる葉群の方向を指していた。張寧は山水画のことも分からない上、またあまりの緊張のため、その言葉に対して自分が何を言ったのかさえ覚えておらず、ただ記憶に残ったものは体が凍り付くような葉群の視線だった。

「それでは、演劇が始まったようだから、見に行きましょう」少し気が休まった胡敏はそう言った。

その言葉に張寧は軽く息をついて少しほっとした。

5

「虎、あの張寧の印象はどうですか?」葉群が息子に尋ねた。

「ええ、まぁまぁ……といった感じですね」

「そう。これはあなたの一生にかかわる大切なことだから、まぁまぁではダメね。お母さんもそう思うわ。張寧はけっこう奇麗だけど少し痩せてるわね。うちのお嫁さんになる人には完璧さが求められるから、そうね……張寧を帰らせましょうか」

「首長がそうおっしゃるならそうなさって下さい」と言ったものの、実際のところ彼は張寧を気に入っていた。容貌はそれまで会った女性と比べたら普通であったが、どういうわけか林立果の頭の中からは張寧の影が消せなくなっていた。しかし、葉群が気に入らないという以上自分の我を通せば却って話が繁雑になると思った林立果は、さっぱり気にかけないという風を装って、本音を隠したほうが将来のために良いだろうと考えた。

一方、葉群の方も理由にならない言い訳をしながら、自分が本音を隠していることを知っていた。痩せているからと言っても、そんなことが理由になるはずなかった。あの夜、張寧は軍人らしく慣例を守ったが、彼女にしてみればそんな慣例などより自分の自己満足の方が大切だった。もし、あの時、張寧がドキドキしながら笑顔であいさつしてくれたら、もし、崇拝する表情で「首長」あるいは「葉局長」と震える声で呼んでくれたなら、自分は少しでも親切に話をしてあげたかもしれないのに。張寧は道端の電柱のようにじっと立ったままだった。あれでは、うちに入っても自分の味方になるどころか、使いものにさえならないと葉群は直感したのだった。しかし、そうは言っても、そのような損得勘定をのぞけば彼女は張寧をやはり気に入っていた。

しばらくして、南京から三人の軍人がやって来た。彼らは張寧に任務は終わったので帰ってよろしいとの命令を伝えた。

南京に帰る前日、張寧は繁華街の大柵欄に行った。小雨に優しく頬をなでられながら、彼女の身も心も軽くなった。母親、李寒林、上司、仲間たちへのお土産を探してうろうろしていたところ、うしろから誰かに名前を呼ばれた。

「張寧、張寧」。振り返ると、この前自分の部屋にやって来た軍官たちの一人であった。

「張寧、ちょっと待って下さい。彼が話があるそうです」

軍官の示す方向に黒い車が見えた。車からあの「李果」が降りてきた。

「お話ってなんですか」張寧は彼のところに行き尋ねた。

「出発はいつですか？」

「明日です」

「送りましょうか」

「ありがとうございます。でも荷物もないので結構です」

「また、北京に来て下さい」

彼は手を伸ばして、張寧に握手を求めた。

「では、お気をつけてお帰り下さい」

そう言って彼は車に乗り、去って行った。張寧の掌には、彼の手の汗と混じりあった情熱が残っていた。

翌日、列車に乗り、春が訪れて来る南京に向かう張寧の気持ちはすっかり軽くなっていた。北京の旅、そこで会った人々、いや中国を主宰する権力体制の原動力である人物たち…それらが頭の中をよぎっていた。そのような人物に接近させられた以上、彼女を待つのは、その権力に腐食されるか、壊滅されるかのいずれかであるが、残念ながら張寧はとてもそこまで分からなかった。

歌舞団に戻った張寧はさっそく政委のところに行って報告をした。

「政委、北京で任務があるとおっしゃったのに、何もなかったじゃないですか」

彼はふに落ちないといった様子で言った。

「状況は常に変化しているんだ…後から行った同志たちが君の任務を継続してくれているから安心し

なさい。ところで、張寧。どんな人たちに会いましたか？」

毛沢東と林彪の他、当時の中国最高指導部にいる人々の名前が張寧の口にのぼった。彼女の話を真剣に聞いていた政委は話の終わりに一言言い添えた。

「今回のことは、口外してはなりませんよ！　絶対に！　分かったね」

「はい、わかりました！」

張寧はそう答えて、部屋を出、自分の寮に向かった。前方から、大股で歩いて来る李寒林の姿を張寧は見つけた。

第三章　毛家湾の審査

1

林立果が張寧に会ってから三ヶ月が経過した。「お妃問題」で葉群との対立はますます激しくなっていった。葉群は周宇馳と劉沛豊に息子のあらゆる行動の監視とその報告を命じた。

二人とも葉群と林立果のどちらも機嫌を損ねることができず、二股かけて、間にはさまれることになった。母親は息子が張寧を想っていることを知り、反対に息子は母親が張寧のことを反対しているのもわかって、親子間の対立は深刻になる一方だった。

「お妃選び」班は、あらゆる苦労の果てに、とうとう重慶で張寧にそっくりの女性を見つけ出した。葉群は喜色満面で息子を呼んだが、林立果は横目で一べつしただけですぐさま母親に言った。

「全く興味ありません」

…………。

林立果の我慢は限界に達し、彼は自ら葉群のオフィスに出向いた。

「局長、張寧を呼んで下さい」

「呼ぶ必要がないわ」

「そうおっしゃるなら、私が南京に行きます」

「そんな勝手なことが許されるとでも思ってるの！　絶対にいけません！」

葉群にどう止められようと諦め切れない林立果は次に父親の執務室に行った。この問題に関する全ての事情をじっくりと聞いた林彪は息子に賛成の意を表した。そして直ちに張寧の上京を手配した。

それを聞いた葉群は林彪の部屋に飛んで行った。彼女は林彪に対してけん命に張寧の上京の取り止めを説得したが、効果があるどころか、逆にきつく叱られる羽目になった。葉群はしばらく考えた、状況はもはや自分がどう動いても変えられるものではないと悟った。その上で利害を計り比べた末、息子の選択を呑み込むことにした。

2

一方、南京では、高熱の続いている張寧が部屋で休んでいた。

ある朝、八時、張寧の部屋に副政委がやって来た。

「張寧、北京に行く準備をしなさい。出発は九時だ」

「え？　どういうことでしょうかしら、私はごらんの通り病気で寝こんでいるのよ」

「わかってる。しかしこれは命令だ」

「でも、せめて病気が治ってから…」

「張寧、これは私の決めることではないから、とにかく命令に従い、あとのことは政委に聞きなさい」

張寧の高熱はすでに一週間続いていた。軍区総医院で検査を受けたが、原因ははっきりしなかったため入院検査を勧められた。こんな時に北京出張だなんて、考えれば考えるほど辛くなり、彼女は涙をこぼした。

李寒林が南京の朝市場を探し歩き、やっと手に入れた西瓜を持って、張寧の元へ向っていた。きっと彼女は喜んでくれるだろうと嬉しそうに帰って来たのだが、目の前に張寧の泣き顔を見てびっくりした。

「どうした？」

「先刻、北京に出張する命令を下されたわ」

「なに？　そんなバカな…だって君は病気じゃないか。政委のところに行って話してみよう」

二人は、団部（団指導部）に行ったが、すべての部屋には鍵が下ろされていて誰もいなかった。李寒林が廊下を歩いている事務秘書をつかまえて尋ねた。

「政委はどこにいらっしゃいますか？」

「知りませんけど…」

「今回、彼女が北京に行くのは、どんな任務かご存じですか？」

「さぁ…上からの命令だからね…　あぁ、張寧、早く準備を、もうすぐ車が迎えに来るよ」

軍人が命令に従うのは天職だということを張寧は忘れたことはなかった。部屋に戻り、身の周りのものをかばんに詰めて、寮を後にした。李寒林も見送りをするために彼女と一緒に出た。守衛のところで待っていた副政委が「君、ここまででいいよ。ここからは私が見送りをするから」と阻止した。それに従わねばならない李寒林は心配そうに張寧に言った。「張寧、くれぐれも気を付けるんだよ。北京に着いたらなるべく先に病気を治してもらうんだよ」、張寧がうなづくと目から涙がこぼれ落ちた。

副政委は張寧を連れて十メートルほど先に止まっている車の方へ歩き出した。その車の中から胡敏の秘書である王士雲が降り立った。「まさか、今回も前回の続きなのかしら、どうしてだろう」張寧の顔に不安の色が浮かんで来た。王士雲は副政委と握手して「では、ご苦労様でした。もう帰って頂いて結構です」。それに対して副政委は軍礼だけを行って、団部へ戻った。

車は南京軍区司令部に向かった。司令部構内に入り、貴賓館ビルの玄関前で止まった。車から降りて建物に入り、二階にある部屋のドアが開けられた。そこにはなんとあの胡敏がソファに座っていた。彼女は張寧を見ると跳ぶように立ち上がって迎えた。「まぁ、張寧、会いたかったわ。私を忘れてないでしょうね」

「首長、お久し振りです」

張寧の青ざめた顔色に気付いた胡敏が驚いて尋ねた。

「どうしたの、張寧、具合でも悪いの？」

「はい、熱が下がらず、すでに一週間も続いております」

胡敏が手を伸ばして張寧のほほに触れた。

「あら、かなり高いのね。三十九度ぐらいありそうだわ。そうね…栄養剤を打ってもらいましょう」

そして、張寧に注射をするよう、付添いの看護婦に指示を与えた。

「張寧、北京まで頑張ってね。北京に着けば、何だって解決するんだから…」

「首長、今回の北京出張はどんな仕事を…？」

「それより、先に病気を治して頂だい」

そこに、奥の部屋から政委が現れた。驚いた張寧は「政委、どうしてこんなところに？　歌舞団で探し回ったわ…」と言うと、辛くなり涙ぐんだ。しかし、政委の表情は厳しかった。

「張寧、胡局長の御高配を忘れることなく。北京に着いたら局長の話をよく聞いて、誠実に任務を果たしなさい」

「はい…分かりました」。政委の話に失望した張寧はそう答えた。

突然、張寧は今回の出張を母親に伝えていないことに気付いた。

「首長、母に出張のことをまだ言ってないのですが…」

「大丈夫よ。私からお母さんに連絡しますから。安心して行ってらっしゃい。もうあなたは子供じゃないんだから心配はありませんよ」と政委は言った。

午前十時。1R―18小型軍用機が胡敏、王士雲、張寧を乗せて飛び立った。一時間ほどで空軍北京某軍用空港に着陸した。

胡敏が机の上に置いてあった高級キャンディを指さして言った。

「これを全部ポケットに入れるといいわ。あなたの妹になる晶々という子はキャンディが大好きなのよ。晶々に会ってそれを渡せば、きっと喜んでくれるに違いないわ」

そう言われた張寧はキャンディをポケットにいっぱい詰め込んだ。

3

張寧の母親が娘の病気を心配して歌舞団にやって来た。しばらく探したが寮の部屋で寝ているはずの娘はどこにも見当たらなかった。入院したのかしらと思っていると、隣室の人から北京に出張したと聞いてびっくりした。驚きはすぐさま怒りに変り、母親は政委の執務室に直ちに飛んでいった。

ひどく立腹した母親は政委を見るやいなやまくしたてた。

「政委、娘が出張だって…どういうことなの。あなたも娘さんがいらっしゃるよね。だったら分からないことがないはずだわ。あんなに熱があるうちの娘を北京に行かせるなんて、あなたの娘さんだったら、あなたどう思う？　ひどいと思わない？　とんでもないことだわ！」

政委は感情的になった彼女を制そうとした。

「お母さん、ちょっとお待ちになって下さい。あの出張は団の決定ではなく、上から命令された任務なんですよ」

「なに、何っていう任務ですか？」

「特別任務です」

「冗談じゃないわ。娘は党員ではないから特別任務だなんてあるはずがない。一体何があったの？」

「これは党と国家の機密なので、わたしは知りません。たとえ知っていたとしても秘密を守らなければなりません」

政委のこのはっきりした言い方に対し母親の怒りが一層噴き出した。

「あなた、何を偉そうにしゃべってるの。あなたが新四軍にいた頃、私は八路軍にいましたよ。軍服だって、何十年も着てたのよ。こんな私に対して空威張をするのは十年早いわ！　なにを…何をもったいぶっているの。はっきり言うけど、娘のことだから、この私には知る権利があるの。たとえ中国十億人の中、毛主席とあなたしか知らないことでも、今日は、ここで、はっきりと言ってもらうわ」

「田明同志、忠告させて頂きますがね。あなたは、そのへんの教養を持たないおばさんではないはずですよ。共産党の幹部だった人がこんなことを言ってよいわけがありません。ですから、もうこれ以上ぼくに聞かないで下さい」

「なんですって…」

その時、他の団幹部の人々が現れ、怒りに身をゆだねた母親をなだめはじめた……。


張寧を乗せた車が復興路総後勤部構内にある邱会作邸に到着した。

一階ホールの奥に寝室が二部屋あり、一つは晶々（邱の娘）が使っており、もう一つが張寧のために準備されていた。


その翌日、張寧は三〇一病院に入院することとなり、さっそく全面検査を受けた。しかしながら熱の原因はやはり分からず、医者が「牛黄解毒片」（身体の中にある毒を出す漢方薬の一種）を投与して、三日後熱が下がった。

胡敏が見舞いにやって来た。張寧は彼女に退院したいと言ったが、反対された。

「退院？　急ぐことありませんよ。三〇一はね、中国で最も権威で医療条件の整った病院だよ。党中央の首長ももちろんここで検査や治療などを受けてますし、まぁ、言ったら庶民の入れないところでもあるのよ。あなたもこれを機に全面検査をしてもらった方がいいと思うわ。そう、そうしましょう」

張寧は胡敏に連れられ、様々な検査が始まった。

内科：心臓、肝臓、胃、肺、胆……、異常なし。

外科・骨格……異常なし。

五官科（五官、耳、鼻、喉、目、口）…視力1・5、1・2、歯もきれい…。

産婦人科の検査は高級幹部病区のある部屋で有名な専門家によって行われた。

体重五十二kg、上半身、下半身、骨盤、……専門家が傍らにいる胡敏に告げた「彼女は出産に関する機能的な部分に問題はありません」。それを聞いた張寧の顔がさっと赤くなった。

レントゲン科、機械の前に立った張寧に注意の声がかかった「肌着も脱いで下さい」

肌着でレントゲンを取るのは小学生でも知っている常識なのに…（中国では）と張寧が思ったとたん、「言われる通り、協力してください」と命令的な口調がひびいた。

仕方なく、張寧はブラジャーとパンツだけの姿になった。レントゲンの検査が終り、服を着ようとした時「暫く、このままでいて下さい」と言われた。そして、カーテンが外され、張寧のそばにはいつの間にか、二人の男性医師が立っていた。それは、自然光線の下で、全身の肌を検査するためだった。二人の医師は、張寧の体をセンチ単位で細かく見回した。体をはうその視線はまるで地面をはうアリのように気持ち悪いものだった。

一人の医師が指で張寧の肩を触った後、胡敏に報告した。

「皮膚の透明度も、つやも大変よろしい」

もう一人は、検査表に何やら書き入れていた。張寧はどうしてこのような検査までされるのだろう、と心の中でいぶかったが、改めて考えると、これが三〇一的なやり方なのかもしれない。党中央首長たちもここで病気を見てもらっているんだから、心配することはない、と自らに言い聞かせた。

検査が全て終ったのは、二週間後であった。ほとんど毎日のように来ていた胡敏は、重大任務を果たした兵士のように喜んでいた。

「よかったわ。これで私も安心した。あなたの健康状態はとても良い、だって、少し痩せてるけど、ま、それはバレエをしているためでしょう。一般的に言えば、もう少し太ったほうがよいかもしれないけどね……。それなら、事は簡単だ。うちに来て、たくさん食べるといいんだから、遠慮しないでね」

張寧は退院の手続きを済ませ、胡敏と共に迎えの車に乗り込んだ。そして、胡敏に尋ねた。

「首長、私はもうすっかり元気になりましたから、北京での仕事をご指示願います」

「慌てない、慌てない。確かに病気は治ったけど、もう少し、体の方を休めたほうがいいわ。私の家でしばらく静養しなさい。仕事の話はそれからにしましょう」

「はい…、それでしたら、家に手紙でも書きます」

「その必要がないわ。政委の方からお母さんへ報告したでしょうから。どうせ、そんなに長くはかからないし。あなたもすぐに戻れるでしょう」

しばらくして、二人の乗った車は邱会作邸に到着した。広いリビングに入り、まっ先に目についたのは大きな花瓶に入ったたくさんの花束だった。淡いクリーム色の花々が、いっぱい咲きほこり、香りがたちこめ、柔らかく、暖かな雰囲気に部屋中が包まれていた。

「わーきれいなお花！」

晶々はその言葉を待っていたかのように輝く目を張寧に向けて答えた。

「それは、フランスの貴重なバラです。ポンピドゥール大統領夫人が葉群おばさまに贈ったものよ。それをおばさまがうちのママに贈って頂いたの」

張寧はにっこりとほほ笑みを返した。

それから三日後、昼食のためダイニングに入ると、すでにテーブルを囲んで邱夫妻とあの青年が座っていた。晶々がいなかったから張寧は自分も席をはずした方がよいのではと思い、部屋に戻ろうとしたが、胡敏に呼び止められた。

「いらっしゃい、紹介するわ。こちらは林副部長、林立果です。先日、お会いしたでしょう。さぁ、一緒に食事をしましょう」

そう言われて、張寧はテーブルに着いた。食事をしながら、あの時の握手を思い出して彼女の視線は箸先に固定されたまま、目をあげることはなかった。邱会作が林立果に赤ワインをすすめながら言葉をかけた。

「虎。林副主席と葉局長はお元気ですか？」

「ありがとうございます。おかげさまで元気です」

「まさか、この人は副主席のご令息…」と張寧は二人の話を聞いて血流が上るほど驚いた。胡敏にもっとたくさん食べるようにとすすめられたことに答える余裕さえなくなったのであった。

食事が終り、邱会作が部屋を出た。胡敏は林立果と張寧を客間に案内しながら「張寧、林副部長はとてもお忙しい方ですよ。せっかくここにいらっしゃったんだから、若い者同志、お話しをしたら…」と言って、夫を追いかけて去って行った。

部屋は林立果と張寧だけの空間となった。張寧は、あの日、大棚欄まで追いかけて来て、握手をしたあの手の熱さを思い出した。彼女は、女性特有の繊細さで、目の前にいる青年の胸のうちを感じた。しかし、それが「錯覚」であろうとも思っていた。彼は、自分のような普通の青年ではないことを思うと、自分の感覚を信じることができなかった。彼女が自分に納得のいく唯一の解答として挙げられたのは「林立果は、自分を通して、軍内の芸術部門の状況を把握しようとしてる」ことであった。

張寧の頭の中では、まとまらない考えが、空白から混乱へ、さらに混乱から空白へと互いに反発する二つの極の間をゆれてさまよった。彼女はじっと地面を見つめたまま、黙って座っていた。

林立果は、「無口な方ですね」とやさしく声をかけた。張寧はただうなずいただけだった。

「食事や睡眠はきちんととっていますか」

「食事は普通に、睡眠はたまに安定剤をつかっています」

「それは、よくない。ぼくは毎日自分に八時間の睡眠を必ず保証するようにしています。どんなに忙しくても眠るときは頭を空っぽにするんだ。そうすれば安定剤の世話にならずにすむよ。翌日には、すっかり精気がみちあふれてね…」

国の中枢人物である林立果に、このような言葉をかけられれば、他の人なら、どんなに感動してしまうだろう。しかし、張寧には、それは通じなかった。彼女の視線は依然と足元に落とされたままであった。

林立果は少しがっかりしたが、それでもこの沈黙を破るために、なおも話しかけるのを止めようとはしなかった。

彼の努力も空しく、沈黙は永遠であるかのように思われた。

……………。

「お菓子をどうぞ。おいしいよ」

「ありがとうございます」そう言って張寧の視線は初めて林立果をとらえた。

林立果は少しほっとしたその時、「虎、お話は楽しかった?」と言いながら胡敏が部屋に入ってきた。

「あぁ、楽しかったよ……。それでは、ぼくはやらなきゃならない仕事があるので、これで失礼します」

胡敏が林立果を見送りに行くと、張寧は解放されたような気さえして、自分の部屋に戻り、本を読むことにした。

その夜、胡敏は張寧と晶々を連れて北京雑技団の演技を鑑賞するため、解放軍総部構内の映画館へ行った。あふれんばかりの人の波が通路を埋め尽していた。席がなく立っている人も多くいた。三人は人をかきわけながら前方の席まで進んだ。着いてみると後方とは異なり、前から八列までが空席であった。これはあまりにも目立ちすぎていた。もちろん、この空席は権力者以外の人が座れないことを意味していた。

張寧は胡敏が指で示した席に着いたが、そこから胡敏と晶々は少し離れた席に着いた。それを少しいぶかしんでいたところ、右の隣席に誰かが座り、張寧の肩に軽くぶつかった。横を向くと、それは林立果であった。張寧は体を少し左側に譲った。予想もしなかったその行動に驚き、林立果は彼女の顔を見つめた。そして自分も右側に身を寄せていた。二人の間には無形の〝境界〟ができ、どちらも越えようとはしなかった。

上演が始まった。彼女が舞台に目を向けていると同様に、彼の目もそこに向かっていた。しかし、気持ちは舞台に向いていないことをお互いは感じていた。しばらくして舞台の端の壁に呼び出しのスライドフィルムが現れた。林立果は小さい声で「張寧、あそこに呼び出しの文字が出たね」とささやいた、張寧がうなづいたのを見て「じゃ、ちょっと読んでくれない？」と言った。

「○○さん、入口に○○さんが待っているので、お越しください」

それを聞いた林立果が笑った。

「君は近視ですか?」

「いいえ、視力は1・5と1・2だわ」

「ねぇ、メガネ持ってる?」

張寧は長年舞台に立つので照明の刺激から目を保護するため、メガネを持っていた。それをポケットから取り出しかけてよく見ると、張寧は自分がうっかりして文字を一つ読み間違っていたことに気付いた。

林立果がなぜ笑ったのかも分った。

「メガネをかけても結構いいね」

林立果のふともらしたその言葉に張寧の以前からの忌む心は刺激された。自分が人に目分量で見積もられたり、品定めされたりすることに対する不愉快感が再び出て来た。〝一体、目の前のこの人物が自分に何を…〟と考えるほど混乱に陥り、少し頭痛を感じた。

上演が終り、胡敏一行は邸会作邸に戻った。胡敏がトランプをしようと皆に提案した。トランプをしている間、林立果の視線は張寧から離れなかった。とまどいに耐え切れず、張寧はゲームを抜けることにした。

「すみません。少し頭痛がするので、先に休ませて頂くわ」それを聞いた林立果も立ち上がり「ぼくも帰らなくては……」と言って、邱会作夫妻の見送りを受けて去っていった。

それから二、三日煩わしいことはなく、張寧はのんびりと日々を送った。胡敏も何かと忙しく彼女をあまりかまわなかった。

夜になると晶々がしばしば張寧の部屋にやって来て、バレエを教えてくれるようにしつこく頼んだ。ある日、広間で張寧は晶々にバレエのレッスンを始めた。張寧が踊っていると、廊下の暗闇の中、誰かが立っているのに気付いた。張寧は確かめようと廊下に出た。晶々もそれに気付き、彼女に続いた。

「誰？　誰かいるの？」

「私です」と青年がはにかんだ声で言った。この青年は名を江水といい、邱会作の付人の一人であった。彼はもともと中央警備団から派遣され、邱会作の警備にあたったが、邱会作が〝紅衛兵〟に監禁された時、彼はまっさきにその居場所を入手し、邱会作に食べ慣れた食事を毎日こっそりと差し入れたのであった。それにより、邱会作夫妻の厚い信頼を得て、警備参謀に昇進することになり、次期総後勤部安全部長にまで内定したのだった。

「ここで、何をしているの？　消えてちょうだい！」晶々の口ぶりはまるで飼っている嫌な犬を叱るようであった。江水はそのような口ぶりに慣れているように、何も言わず外に出て行った。張寧は顔をしかめて晶々を戒めた。

「晶々、どうしてそんなきつい言い方をするの？」

「だって、大嫌いだもの…」

張寧は何かを言いたかったが何も言えなかった。そしてレッスンを終わらせ、二人はそれぞれの部屋へと戻っていった。

翌日、朝六時過ぎ、邱家の庭の花壇の傍に張寧が悄然と立っていた。安定剤を四錠も飲んだがやはり眠りに着けず早起きした。〝自分はごく普通の女子兵士なのになぜここに？　なぜ党中央政治局委員、軍副総参某長兼後勤部長の豪邸にいるの？　さっぱりわからない。どう考えても常識では理解できそうにないわ。〟いろいろ想像したが、どうしても結論が出ず、頭はますます痛みを増し、結局、一晩中眠ることができなかったのであった。

朝日を浴び、小鳥のさえずりを聞き、洗われるように新鮮な空気を吸いながら、咲き乱れた花の前にいると張寧のふさいだ気持ちは少し軽やかになった。そして南京のことが思い出され恋しかった。

玉石を敷いた小道に足音が聞こえてきた。朝の散歩に来た邱会作が現われた。その後ろには江水がいた。さすが国の大物とあり、散歩する時の顔まで中国の将来に思いを至しているように見えた。自分の方へ進んで来ていることに張寧は気付き、首長の考えを乱してはいけないと思い、傍にある大樹の後ろに隠れることにした。

しかし、江水の目には張寧が見えた。

首長の散歩が終り、朝食をとるため、家の中に送った江水が庭に戻って来た。

「南京から来た張寧でしょう」

「はい」

「何か深く悩んでいるようですね」

張寧はその突然の質問に、何を答えていいか、すぐには分からなかった。あの日、晶々に叱られていたことを思い出して、なんとなくやましさを感じ、その質問に苦笑いで答えることにした。

一方、彼の表情には大きなためらいが感じとれた。張寧に何か言おうか、言うまいかとの迷いが顔全体に広がっていた。そして、彼はひとつの決心をしたように口を開いた。

「張寧、あなたはなぜ北京に呼ばれたのかを知っていますか?」

張寧の感覚神経はぴんと張りつめた。

「知りませんが… あなたは知っているの? 知っているのなら教えて下さい。お願い…」

その時、邱会作は何か不審でも感じたのか、玄関に現われ、彼を探そうとした。上司を見た江水が「私は何も知りません」と言って邱会作のところへ走っていった。

張寧の不安は益々増し、一日中江水に会う機会を狙っていた。が、江水は忙しそうにして張寧の方を見ようともしなかった。

翌日の夜、張寧は自分の部屋の前を徘徊する足音を聞いた。〝江水?!〟張寧は直感してドアを開けた。素早く、江水が入って来た。

「ね、教えて、早く。どうして私はここにいるの？」

「虎が人を食う！」

それを聞いた途端、張寧の心臓はドキッとした。林立果の愛称は虎ではないか。

「まさか…」

「そう、以前にも、ここに二人の女性が住んでいたよ。ただ彼女たちは、あなたとは違い、毎日たくさん食べて、よく眠り、楽しく日々を送ったが、しかし、好事魔多し、一ヶ月足らずで帰されてしまったよ。でも、あなたはどうやら本命らしい！」

頭の中が真白になった。そして、これまでの疑問が次々と解けていた。胡敏の甘い笑顔、劉林のじいっと車外を見つめたままの目、政委の厳粛な表情、三〇一病院、〝出産に関する機能的な部分は問題ない〟〝肌の透明度とつや〟……。私以外には何ひとつ混乱するものはなかった。全てが計画されていたんだ。全ては林立果のお妃選びのためだったにちがいない。全てが私を騙している……。〟

張寧の顔色は真青になり、全身が震え上がってきた。江水はずっと張寧を見つめていて、その目は同情と哀れみに満ちていた。

「張寧。落ち着いて下さい。体は何よりも大切なんだから。さぁ、あなたがまず考えなくてはならないのは一刻も早く南京に戻ることだよ。このまま、ここにいれば、もっと面倒な事になるだろうから」

張寧は自分を必死に抑えて、江水の話にうなずいていた。

またも長く苦しい夜となった。一睡もできず、苦しみに心がさいなまれる夜であった。暗闇の中で静かに眠りについたこの豪邸は張寧には自分を食いものにしようとしている巨獣のように見えた。彼女は孤独と弱さを初めて感じた。そして自分より先に来た二人の女性のことを羨ましく思った。

張寧が能力の限りを尽くして、邱家からどうやって出るかを考えた。その方法として思いついたのは絶食することであった。以前胡敏に言われた〝もう少し太った方がいい〟というあの言葉はきっと林立果の望みにちがいない、それならばガリガリに痩せると、お妃候補から外されることになるかもしれないと張寧は思った。

翌日から張寧は水と野菜を口にするだけで、何も食べようとはしなくなった。その上、寝不足が加わり、三日目で効果があった。顔色は青くやつれ、目のふちにくまをつくり、歩く姿までふらふらになった。

そんな彼女に胡敏は苛立ち、専属保健医を呼んだ。しかし、病気は見つけられず、三〇一病院への入院を勧められたが、張寧は強く拒否した。

「張寧、食事をきちんと取らなくては駄目ですよ。食べないことはあなたの将来にもよくありませんよ」

「局長。私に与えられる任務があるのでしたら、今すぐに与えて下さい。ないのでしたら、早く南京に帰りたいです。長い間、レッスンを休んでいてはついていけなくなりますから…」

その言葉に、これまでほとんど張寧に話しかけたことのなかった邱会作が答えた。

「慌てることはない。将来のことを、個人が考えるのは当然だが、上部組織もちゃんと考えてくれている。個人よりもむしろ組織の方が全体的により長い目で物事を考えることができるものだよ。だから、全てを組織に任せなさい」

胡敏が夫のこの話に何も反応を示さない張寧の表情から彼女の決心を読みとった。〝説得はもう無駄だ〟そう思うと胡敏は明白に話をすることにした。

「張寧、あなたは賢いんだから教えてあげるわ。はっきり言って、あなたが南京に戻れるかどうかは私の一存では決められないの。だから私に何を言っても意味がありません…。体こそ自分のものだよ。大切にしないとどうなるか私が言わなくてもわかるはず…。ね、ここでお互いに紳士協定を結びましょう。私はあなたの要求をすぐに上に報告するわ。そのかわり、あなたはきちんと食事を取って、体を大切にするの。いい？」

張寧はうなずいた。

それから、何日か過ぎた。張寧は徐々に元気を取り戻していた。

ある夜、深夜の一時をまわった頃、胡敏が張寧の部屋をノックして入って来た。

「張寧、出かける準備をして頂だい。これから晶々と三人で首長クラブに遊びに行くのよ」

胡敏の興奮した顔が一段と輝いていた。

「申しわけありませんが、私は眠いので遠慮させていただきますわ」

「何を言ってるの。こんなチャンスはめったにあるもんじゃないよ。あなたのために連れて行くんだから。あなたが家に来てからどこにも連れていってあげられなかったけど、今日のところは凄いところよ。さぁ、早く化粧をして…」

「でも、今日は、とても遊びに行くような気分ではありません……」

胡敏は強引に張寧を鏡の前に押し出して「そんなこと言わないで、落ち込んでるからこそ、気晴しをしなきゃ……」とあくまでも引き下がろうとはしない。張寧はもうこれ以上の抵抗はできないと感じた。

邸邸を出た車は西長安街に沿って、約七、八分走り、西単区の方へ曲がった。そして西四大街に入り、東に向かった…。これまでとは、はっきりと異なった道に入ったことに張寧は気付いた。道路に沿って街灯が整然と並び、優雅な光を放って道の清潔さを一層強調していた…。車窓から青い煉瓦塀が見えた。

それは、一〇〇〇メートル以上にも続く高い塀であった。そして、ようやく入口が見えた。銃を担いだ二人の兵士が立って、人を怖じけ付かせる空気が漂っていた。

張寧は気付かなかったが、その壁で囲まれた四角の屋敷には、角ごとに武装した警備兵がいた。

兵士の軍礼を受けて車が入口を抜けた。大型のツイタテが真っ先に目に映って、その周りの照明もまぶしかった。真っ赤な下地に〝為人民服務〟（人民にサービスを）という毛沢東の言葉を金色の文字で彫られていて、まさに「金光燦々」（金色の光がきらめく）そのものだった。

ツイタテの東側の前に着いた。車庫に並んでいる車を見ると、国産防弾型〝大紅旗〟一台（中国全土に二台しかない超高級車であって、勿論、毛沢東と林彪だけがそれに乗ることができた）に続いて、世界トップレベルの外車六台がずらりと並び、張寧は、このクラブに今、六人の中央首長がいるのだと思っていた。

残念なことに、張寧はここでも騙されていたのだった。後になって分かったが、ここは首長クラブなどではなく、世に名高い毛家湾、つまり林彪府であって、車もすべて林邸専用のものであった。

毛家湾——伝えるところによれば、清の時代のある王爵の豪邸であった。林彪は北京に入ってからずっとここに住んでいた。一九六〇年までは、毛家湾中区だけを所有していたが、政治的地位の向上と共に六年後、中国共産党憲章に「一人之下、万人之上」（一人とは毛沢東を指し、毛沢東以外のあらゆる人より上の地位を示す）と明確に位置づけられたため、その後、すさまじい勢いで林府は拡張していった。その第一歩は、東区と西区を含む全域の林府への吸収から始まった。そこにあった平安里人民医院も何十戸もの住民も一夜で姿を消した。以来、中国人にとって毛家湾は神秘かつ神聖な場所となった。

胡敏一行が玄関に入ると、五十代の男性が出迎えに来た。鳥がらのような痩型で、目は冷たく鋭敏であることを張寧は彼への第一印象として受け取った。彼の名は李文甫、現在、林彪警備所所長である彼は、五〇年代に広州軍区から選ばれて上京し、以来ずっと副統師の身の安全に尽くして来た。彼がダメだと言えば葉群でさえ林彪の部屋には入れないのであった。

李文甫は胡敏たちをある客間に案内したあと部屋を出た。しばらくすると戻って来て再び胡敏たちをレクリエーション用の大広間に案内した。

高い天井にはシャンデリアがつるされ、そのきらびやかな光を受けて、シルクの絨毯は一層つややかに見えた。部屋の右側の一角に卓球台が置かれていて、その左側には紗のカーテンが下されており、奥は見えないようになっていた。

「張寧、晶々と卓球をしてみてはいかが?」と胡敏が言った。

「そうよ。勝負しようよ。お姉さん」晶々は楽しそうにそう言って張寧にラケットを手渡した。

一セット目を終えると汗をかいた張寧は軍服である外衣を脱ぎ、黒の丸襟の綿シャツ姿で二セット目に臨んだ。ソファに座って見ていた胡敏が審判であるような口ぶりで「コートチェンジ」を告げ、二人はそれに従って場所を交替した。そこで張寧はあのカーテンに真向かいのところに立つことになった。そのカーテンの向こう側では林彪一家がじっくりと張寧を見つめていることを彼女は知る由もなかった。

卓球を終え、張寧と晶々は笑い話をしながらソファに着いた。その時、若い軍官がそこに現れた。何かを手にしていることに張寧は気付いた。

「張さん、ここに記念用のブローチがあります。海軍戦士たちの手作り作品です。どうぞ、ご覧下さい」

色とりどりの貝殻で作られた様々なブローチは、張寧と晶々の興味を大いに惹いた。二人はブローチに夢中になった。「わぁ、…すてき…」、「ね、これを見てきれいだわ…」

若い軍官は電気スタンドを手にして、その光を張寧の顔にあてるため、近くにしゃがみこんだ。隣の席にいた胡敏はじっと動かなかった。その間、紗のカーテンの奥では張寧の容貌、表情、声音、物腰などが一つ一つ丹念にチェックされていた。

張寧を見る林彪の目は大戦を前に、作戦計画を見つめる時のように真剣であった。その傍らでは、葉群が夫と同じようなまなざしで林彪の横顔からなにか読み取ろうとしていた。両親の顔を見た林立果は凱旋門に帰還したナポレオンの如く喜気にあふれていた。そして、女中である王淑媛の目も真面目であった。彼女は自分の立場をも考慮に入れ、その特有の神経によって張寧を測っていた。意地悪な女性を恐れたためだった。李文甫ももちろん一緒に座っていたが、彼だけが張寧に対して無頓着であった。彼の目には男女も老幼もさらに政治も、愛情も映りはしなかった。彼の神経を活動させるのはただ一つ、林彪の安全だけであった。

電気スタンドが消された。一人の軍官が胡敏の傍にやって来て、何やら話しながら小さな木箱を渡した。胡敏は受け取ったその箱を張寧の前に持って来た。「張寧、記念にこれをプレゼントするわ」張寧は箱を開けてみた。中には、なんと毛沢東像のバッジがいくつも詰まっていた。彼女は感激した。ありがとうを言うことさえ忘れて……。ここ、九六〇〇万平方キロメートルという広い大地で生きる人々にとって、胸に毛沢東のバッジをつけることは、何よりの光栄であった。それは、そのバッジが買えるものではなく、功労者や受賞者に対する党からの賞与であったからなおさらだった。今、自分の手にこんなにも多く握られていることに深い感動を覚えつつ、張寧の脳裏には、南京に戻ってからのことが想像された。〃これだけ持っていれば、どんなに自慢できるだろう…〃そう思うと煩悩も眠気もすぅっと消えていった。

二日目の夜、再び邸会作邸に林立果がやって来た。胡敏はすぐさま張寧を客間に引っ張ってきた。江水から真相を聞き出した張寧は林立果に対する反感を強烈に抱いたまま、客間に入った、目の前にいるこの青年は憎い。林立果、その名前がまるで巨大な蜘蛛のように丹念かつ強靭に糸をはりめぐらせ、自分を獲得しようとしているものでもあるように感じ、張寧は彼に対する憎悪の気持が益々高まっていた。

しかし、一方で張寧は胡敏の言ったことが正しいと判断した。自分がどこに行き、どこに身を置くのかは林立果の一存にかかっていた。彼の権力そのものであり、自分にとって運命の指揮者でもある。

こんな彼に自分はなにができるのか、なにもできない！　だがなんらかの策を施さなければ…、そう迫られた張寧がふと考えついたことがあった。それは彼が自分と同年代の青年であることだった。自分の歌った童謡を彼も歌ったはずだし、自分の聞いた童話を彼も聞いたはずだと思う。そのことは彼と自分をへだてる壁を取り払うことを可能にするのではないか。お互い気持を理解しあえるのではないか、と張寧は心のどこかで彼に対する望みや期待といったものを託していた。そして彼女は林立果と面と向かって話し合ってみようという気になった。しかし、口を開こうとした時、江水のことを思い出した。江水の身の安全を配慮するため、やはり林立果の方から話があるまでは、なにも言わないほうが得策だ。そう思った張寧はまたもや沈黙を続けるのであった。

林立果も口を閉じたまま、じっと張寧を見詰めていた。彼女の無口に慣れたのか、当面それを許そうと思ったのか、それとも、彼にとって彼女が、目の前にいることだけでも満足感を得たのか、誰一人としてそれを知ることはできなかった。

林立果の視線は張寧に、張寧の視線は地面に、二人は視線を固定したまま、時間だけが彼らの間を流れていた。静かな空間を時計の音が規則正しく満たし続けていた。しばらくすると、林立果はいとまを告げ、張寧のいる客間を後にした。足早に邸邸を出た彼がついて来た胡敏に「計画通り進めよう」と言って車に乗り込んだ。

翌日、正午。胡敏が張寧を自分のオフィスに呼んだ。

「張寧、病気も大分回復した様なので、仕事を始めてもらいましょう。総部が文化宣伝活動を発足させることとなりました。今回、あなたを北京へ呼んだのも、この計画の下準備に手伝ってもらうためです。具体的に言えば舞台女優を物色してくることです。この仕事が終れば、南京に戻ってけっこうです」

それを聞いた張寧は、人間の本来持つ反応という機能が失われているように凍結した表情で立っていた。彼女には今の話を確認するための時間がどうしても必要だった……。

自分の耳を信じることにした彼女は、戻って来た反応に情緒を任せた。まさか冷たさというものが林立果を失望させたのでは？　それとも彼のような人物はその大将風格で他人に無理難題を押し付けることをしないのか、自分の考えすぎであったのか、あるいは江水の神経質で勝手な判断であったのか…、様々な推測が一斉にあふれ出し、その結論を求めることが彼女には無理だった。ただ、改めて思ったのは、上層部の人物がまさに高遠そのものであることだった。

なにはともあれ、今、気持ちを乱された自分に確実となった唯一かつ大きなことは南京へ戻れることだ。そのことはなにもかも超えて、なにもかも解決してくれるんだ、そう考えると張寧は胡敏に対してわずかながらのやましさを感じた。たとえこの人が自分を二度にもわたる北京の旅でどのような役割を担っているにせよ、たとえ彼女が自分を林立果の視野へ入れた憎い人物であっても、この帰京という喜ばしい結果は彼女の力によるものと言わざるを得なかった。

張寧は、顔を赤らめ、声を低めた。

「首長。このところ、私の気持ちに焦りがあったことをお察しになられたと思います。どうか私の軽率な考えや行動などをお許し下さい…」

胡敏は手を左右に振って「何を言ってるの。もういいよ。それより早く部屋に戻って、出発の準備をなさい。明日から地方をまわるのですからね。それから王士雲秘書と、健康センターの梁医師も同行しますよ。旅で病気になるのは一番怖いことですから。まぁ、気をつけて頑張って行ってちょうだい」と気宇壮大に言った。

翌日、一行は北京を発った。まず太原を訪れ、一週間のち西安に入り、芸術学院や文芸団体などを通り、オーディションを行った。張寧の気に入った五、六人の女性はセンスの良さで他の人たちと差をつけていた。しかしながら、彼女たちに対する王士雲の評価は反対であった。顔立ちの美しさが足りないというのだ。

張寧は心の中でしきりにいぶかしんだ。〝舞台女優に厳しく要求されるのは顔ではないのに。そんなことは化粧でいくらでも解決できるはずだわ。重要なのはむしろスタイルや体の柔軟性などの素質的なものよ。ましてこの女性たちは本当に美しい顔立ちだもの…何を考えているのでしょう〟

張寧は王士雲と話し合うことに決めた。どうしてもダメと言うなら、大いに論を戦わせましょう、と考えた。

その晩、張寧は王士雲の部屋を訪ねた。ノックをしようとすると、中から声が聞こえて来た。電話をしているようだった。

「西安は楊貴妃の出身地だから、美人が多いはずだと思ったけれども、いくら探しても張寧に似たような人はいないんですよ……」

張寧は足を止めた。〝私に似ているような人とはどういうこと？ 女優選びのはずじゃなかった？……又も私を騙したの？……〟彼女は不意に列車の中での王士雲との会話を思い出した。

「張さん、〝楚王好細腰〟（楚の国王、腰の細い女性を好む）という物語を知っていますか？」

「たしか、〝戦国策〟で読んだのですが…」

「宮中に美女が星の如く数多く選ばれて来たにも拘わらず、楚の国王は腰の細い女性しか好まなかった。国王の意に沿うため、美女たちは一生懸命に腰を細く締め、食事もそこそこに済ませたりして、その結果〝宮中多餓死〟（宮中にはダイエットで餓死する人が多い）との噂がたつようになったという。男の人って、分からないものですね。ひとたびそこに目が向くと簡単には離せないもの…」

「………」

そこで、張寧の疑問にひとつの解決が与えられた。〝私は女優の立場でオーディションをしてきたが、王士雲は林立果の目で私のかわりとなる女性を選んでいるのではなかろうか。女優を物色するなんて、真赤な嘘で、私を参照して美女コンテストを拡大しているんだわ。汚すぎる〟そう思った張寧はあまりにも惨めな境遇に追い詰められている自分の中のなにかが爆発寸前まできていることを感じた。彼女は毅然として王士雲の部屋に入った。

「王秘書、突然ですが、胡主任からお引き受けした任務に耐え得る能力がありませんので明日、南京に戻らせて頂きます」

王士雲はそれを聞いて驚きをあらわにして言った。

「何を怒っているの、張さん。先程まで真面目に仕事に取り組んでたじゃないか。一体何があったというの？」

張寧は、その問いには答える気さえなく、硬い口調を和らげることもなかった。

「さぁ、今すぐに胡主任に電話して、そう伝えて下さい！」

「任務はまだ終ってないわ。もし、個人に対して何か不満でもあるのなら、言って下さって結構ですよ。だけど、お仕事は…」

「何が仕事よ！　もうたくさんだわ。胡主任に電話するかどうかはあなたの勝手ですけど、私は明日にはなんとしても帰るからね」

緊迫した空気が部屋中に漂っていた。王士雲はさすが大物秘書だけあって、このような状況にどう対処すればよいかをすぐに考えついた。とにかく今の雰囲気を変えようと彼女は勤めた。

「張さんのような大スターを逃がしたとなると、私の方が北京に戻れなくなるわ。クビにでもされちゃえば泣くところさえないのよ……」と冗談まじりに言った。

しかし、それも効を奏さず。張寧は頑として譲らなかった。

「無駄話なんて聞きたくありません。もう一度言いますが、わたしは明日、必ず帰ります！」

それに対して、王士雲も憤り、荒々しく吐き捨てるように言った。

「そこまで言うならもう分かったわ。今、すぐに北京に報告するから！」

北京と西安をつなぐ軍用特別線に胡敏の冷たい声が流れて来た。

「いいでしょう。張寧を南京に帰らせて頂だい。それから、忘れないで、臨童市で選んだ十七歳の子を連れて北京に戻るのよ…」

王士雲は、その十七歳の女の子を連れてわざわざ張寧を見送りに駅まで来た。

「張さん、御覧下さい。この子なら胡主任の意にかなうでしょう」とあざけりを込めて言った。

〝なんて情けない人だろう〟と張寧は思いながら王士雲に軽蔑のまなざしで答えた。

一方、王士雲の傍に立っている女の子が、ずっと張寧を見ていた。何も分からない彼女は、張寧の軍服と舞台女優であることがただただうらやましいばかりであった。

張寧も彼女に目をくばった。濃く長いまつ毛の下にみずみずしい目が大きく見開かれ、少女の純粋さが内気な視線と混ぜあわされ、その表情も初々しかった……〝確かに美少女だわ〟張寧は少女に軽く会釈して列車に乗り込んだ。後にしたあの可憐な少女もこれから自分と同じような目に遭わされるかもしれないと思うと胸が痛くなって、少女に対する哀れみの気持ちも感じていた。
張寧は、南京に近付きつつあった。

第四章　運命

1

「張寧が北京から帰ってきた！」この話題で一時歌舞団は大騒ぎとなった。張寧が「通天」（最高権力層に接触すること）したといううわさが流れて、連日、彼女の部屋には好奇心の強い人たちが多勢つめかけた。皆が興味津々に張寧から北京でのことを聞き出そうとしていた、張寧が北京で女優を物色する仕事を頼まれたことを幾度となく説明したすえ、ようやく皆の興奮が収まった。

一息ついた張寧はやっと李寒林を部屋に迎えることが出来た。しかし気を休めるのは早かった。

翌朝、上から某部長がやってきて張寧を執務室に呼んだ。

「張さん、北京から電話があった。君は任務に服している間、良からぬ態度を取ったそうですね」

こうやっていきなり叱られることに対して、張寧は相手が大物であるのを無視し、いさかいを起こした。

「そうでしたよ、何が任務とおっしゃるの？　人を馬鹿にするのもいい加減にしてほしいわ、あんなものが任務だなんて…」

部長は激しく机を叩きながら立ち上がった

「言葉を慎しみなさい！　あんなものだなんてよくも言えるね。いいか、あれはね、国民であるすべての女性にとって願ってもないチャンスだよ、並の恋愛や結婚だと思ったら大間違い！　そこには大きな政治的意義があるからだ。もしも君が選ばれたならば、君だけの光栄のみならず、この功績ある南京軍区の光栄であり、ひいては江蘇省四千万人民の光栄でもあるんだ。君はどうしてそれぐらいの認識ができないの？」

部長は悔しそうに足を踏み鳴らして、くるりと窓の方へ向き直った。ため息を、手にした宝石を失ってしまったかのような悔しいため息を、三回も吐いた。そのまま、しばらくして再び部長は張寧の方を向いて話し始めた。

「もういい！　でもこれから君に考えて欲しいのは次のことです、つまり、プロレタリア革命指導部に対してどのような態度や感情を持つべきかということ。それから自分の間違いや欠点について、それらをよく点検してみなさい。もう一つ重要なことはこれまで北京で誰に会ったか、どこに行ったかを絶対に言ってはならないことです、君の家族にも、上司にも言ってはいけません！　このことは党と国家の機密であるからだ。もしこの約束を守れない場合には厳重な処罰を受けることになる、分かったね！」

部長の話を聞くと刃物を背中に押しつけられたように張寧の心は恐ろしさにおそわれ、体中に寒けが走った。巨大な政治的意義を持つ北京でのことに対して、自分はそれを無視してしまった。そしてあの方の機嫌を損ねてしまった。このことによって自分も政治的に片づけられるかもしれない…。中国では、政治的に片づけることになった場合、手ごころを加えるなんてことはありえない。あの輝かしい戦功を持つ彭徳懐大将だってそうだった、まして自分のような普通兵士にはなおさらだわ…そう思えば思うほど張寧は恐怖感に身を固くした。張寧は自分の味方になってくれそうな人として、政委のことを思い出した。十歳の頃から張寧のことをよく知っており、張寧の方もまるで父親に対するような親近の情を覚えていた、政委なら、きっと自分を理解してくれるはず、と張寧は信じて、政委の執務室へ向かった。

政委の顔を見るやいなや大粒な涙が頬を伝わってきた、それを張寧は止めようともしなかった、それほど彼女は政委を信頼していた。政委の前でなら、自分を偽らずに素直な感情をあらわにすることができたのだった。しかし、張寧が話を言いかけた途端、政委が思いかけず遮った「張さん、何も言わないで、何にも言わないでいいから…、私は何も聞きたくないよ、何も知らないからね…」、この突然の冷たい言葉に張寧の頭の中は真っ白になった。その様子を見た政委はそそくさと席を立って執務室を後にした、まるで伝染病患者から逃げ出す人のように…。張寧は深く傷心し、その場に立ちすくんでいた。かんしゃく持ちの母親には言えない、プロレタリア指導部が燃え出した母の怒りを抹滅しようと思えば、小虫を踏みつぶすよりも簡単。誠実な李寒林にも言えない、楽しいことは二人で分かちあって悲しいことは一人で背負うべきだと思ったからだ。それにそんなことを言えば彼を傷つけること以外に何もならないんだ。張寧は極度の孤独感を覚えた。

それから二ヶ月後、歌舞団から除隊辞令（リストラ）が出された。そのリストの中に李寒林の名があった。誰もがそれをおかしいと思った、と言うのも歌舞団の中でオーボエを演奏できるのは彼しかおらず、いわば彼が貴重な人材であって、歌舞団を追い出される理由なんて一つもないはずだ、張寧は嫌な予感がした。まさか、自分のあの一件で彼が巻き添えになったのだろうか…。

張寧は急きょ政委を訪ねた。今度は政委が彼女を避けるどころか、待っていたように先に口を開いた。

「李さんのことで来たのでしょう、でもこれは歌舞団の決めた事ではなく、上からの命令です。だからどうしようもないんだ」

政委は曖昧に「上」とだけ言って、それが北京か、南京軍区かは不明だった。

「どうしても李寒林をクビにするなら、私もやめさせて頂くわ！」

「張さん、それは簡単に言うことじゃないよ、十年もかけてあなたを歌舞団の柱となるほどに育てたんだから、どこにも行かせやしない、たとえ地の果てまで逃げたとしても、南京軍区は必ずあなたを連れ戻せる！　無駄なことを考えるより自分が軍人であることを先にきちんと自覚しなさい！」

政委の口調は強硬な刃のようだった。が、張寧は譲ろうとしなかった。

「政委、私と李の間はただの同僚ではないことをご存じだと思います。私のせいで彼がクビにされるなんてやり過ぎではないでしょうか。もし、私が過ちを犯したというなら、教育なり、批判なり、何だって受けるつもりでいます。だから、彼に対する不合理な決定を取り消していただきたいんです。今のところ、彼はまだ何にも知らないですし…」

張寧は必死で目に溜めた涙を流さないようにしてそう言った。それを見ると政委の口ぶりは少し和らいだ。

「胡局長からお電話を頂いたけど、そのことに関しては何も言わなかったよ。ただ、君に自分の立場をきちんとわきまえるように伝えなさいとおっしゃってた。私はこう申し上げた、彼女は小さい頃からわがままだとね。君にはほとほと困ってしまうよ…。もう子供じゃないんだから、物事をちゃんと自分で考えて、特に政治的立場や政治的態度に係わることには、しっかりしていなければいけないよ。私は君を十歳の頃から見てきたおじさんのような気持でここまで話をするが、それ以上はもう何も話せないんだ」

「じゃ、李はやはりここを出なければならないの？」張寧は胸がつまって、頼みの綱が切れてしまったのを半ば感じながら政委に迫った。

「そうね…、だけど、もし君が彼と別れるなら、話は別だが。でも、それもすぐにだよ。すぐに別れる決心がついたら、私が上に説得をしてみる。これが彼を（歌舞）団に残せる唯一の方法です」

そう言って政委は張寧の表情に現れる変化をじっと見守った。張寧は全身にしびれを感じて、目の前が真っ暗になった。茫然と立ちすくんでいる彼女に何を答えることができただろう？　中国、すべての人民が組織の元にいる大国。生、死、食、住、思想、前途…あらゆることが組織に管理されて、いわば組織は空気や太陽と同じ存在であるようだった。

張寧も組織に追い詰められ〝取引〟を止むなくされていた。三日間も考えたすえ、その〝取引〟に応じようと決心した。李の将来を大切にしたいからであった。

南京郊外の「小紅山」という山の上に「美齢宮」と呼ばれる名所があった。それは国民党時代に、党首である将介石が夫人の宋美齢女史に贈った別荘であった。そこが張寧と李寒林の最後のデートの場所となった。二人は頭を垂れて、それぞれの考え事に気をとられ、口を閉じたまましばらく歩いた。そして、高く聳え立つ古樹の下で足を止めた。李が深く溜め息をついて先に口を開いた

「クビか…、ぼくは歌舞団に入って十年も頑張ってきた。ここ数年の間にさまざまな運動（政治運動）があったけど、最近、情勢も少し落ち着いて、ほっとしているところだ。これからは業績をどんどん上げなきゃと思った矢先に除隊されるなんて…　ね、張寧、どう思う？　ぼくのような人間が軍を離れて工場に行って何が出来るのだろうか…　なにもできはしないよ、ぼくの人生は破滅だ、もうダメだ、もう終わりだ…」

普段はもの静かな李の態度も今はひどく取り乱して、その様子から彼が今回の「命令」にどんなにショックを受けているかが読み取れた。張寧は慌てて言った。

「寒林、落ち着いて、落ち着いて私の話を聞いて。私、政委のところに行ってきたの、もちろんあな

たのことで。政委がもう一度考えると言ってくれたの、つまり…あなたが残る可能性は消えたわけじゃないのよ」

李寒林は驚いて張寧の方に向き直った。

「え、本当かい？　どうして?…」

「それは…条件つきでの話だけどね…」

震えながら張寧は彼の手をとった。彼の手から話し出す勇気を得ようとするかのように、しっかりと握っていた。

「条件って、何?」彼は呼吸を速めて聞いた。

「政委は、私達が恋愛するにはまだ若すぎると言いました」

彼女は直接あの話をすることにためらいを覚えたので、いくらか遠回しにそう言った。

「そうか、それなら大丈夫だよ、当分はお友達でいて、恋愛や結婚のことは何年か先に考えればいいだろう、ぼくは何年だって待つつもりだよ」

やはり、はっきりと話を伝える必要がある、そう考えると彼女の気はふさいだが、その気分をふっ切るために冷えた空気を思い切り吸い込んだ。そして、その空気と共に一気に話を吐き出した。

「いいえ、たとえ十年待ったとしても無駄よ。条件はね…あなたときっぱり別れることなの…」

「なんだって！　どんなことがあってもそれだけはできないよ！」

「寒林、これは組織の決定だと思ってください、私たちは…その決定に…従いましょう…」

李寒林は全身の血液が湧き上がってくるのを感じ、何度も何度も樹をこぶしで殴った。あまりにも突然のこの衝撃に彼は混乱に陥った… 〝そうだ、北京だ、彼女が北京に行ったことが何か関係しているのでは…〟という疑問が脳裏に浮かんできた。

「張寧、教えて、北京に行かされた本当の理由を教えて…」

「寒林、信じて下さい…今は何も言えないけど、ただ私のためにあなたが除隊させられるような気がしたの、あなたの前途をダメにしてしまうなんて、私にはできない…」

彼女の心に重く伸し掛かる圧力を感じとった李寒林は張寧を力いっぱいに抱きしめた。

「張寧、もしそれが本当なら、ぼくは喜んで除隊される方を選ぶ。ここを離れて、君とのことが認められるなら、ぼくはどこにだって行くよ、たとえ田舎の農民になっても…。あなたを失わないためなら、ぼくはどんな苦しみにも耐える覚悟はあるんだ…」

張寧は涙をこぼしながら彼の話を阻んだ。

「お願い、止めて、そんなことを言わないで、…あしたから私たちは関係のない別人にならなければならないわ、だって「胳膊扭不过大腿」（細い手で足をねじ切ることはできない。ここでは個人が組織に勝てないことを指す）。私たちの力なんか組織に対しては全く無きに等しいのよ…」

李寒林も溢れる涙をそのままにして叫んだ。

「いやだ、そんなのはいやだ、ぼくは君がいなければダメなんだ、君のいない人生なんて考えられないんだ…」

「私だってあなたのことを好きなの、大好きなの！　愛してるわ、だけど縁がなかったわ、そう、どうしようもないのよ…、今度、生まれ変わったら、その時は愛し合いましょう」

二人は涙にむせびながら強く抱き合った。泣いてキスして又キスして泣いて…。

愛し合う二人はこうしてこれまでの幸せな日々のことを深く胸に刻んで、その愛情を懸命に押し殺し、別れを告げた。

組織、それは個人の生活にとって何よりも重く、大きなものであった。

2

一方、北京では胡敏と林家が頻繁に電話を交していた。邱家にいる江水は二人の電話を盗聴してそれを張寧に手紙で知らせた。「…北京はまだ君を諦めていません、くれぐれもご用心…」。手紙を読んだ張寧はその内容はもとより、江水の大胆さに驚いた。自分を避けていた政委に比べれると平素一面識もないその青年のほうがよっぽど勇気があると思えた。しかし、このような行為が上にばれたら、人生は壊滅されてしまうことぐらい彼は知らないはずはなかった。自分のためにこんなにまで危険を犯した彼に対して、張寧は感動した。そして、すぐに返事を出し、以来、二人は文通するようになった。

一九七〇年八月、中央軍事委員会人事庁によって張寧に南京から北京への人事移動命令が出された。その命令を南京軍区幹部管理部部長は期限ぎりぎりまで伏せていた、曾て父親の部下であったその人が、少しでも日にちを延ばせば、林家の「熱」も冷める可能性があると思ったからだった。もちろん、張寧は何も知らなかった。

江水は、いち早く張寧にその命令を知らせようと速達で手紙を送ったが、十日立っても返事は来なかった。落ち着かない江水は邱会作に田舎にいる父親が重病で倒れたと嘘をついて、休暇を申請した。邱会作は孝行できる人こそ忠誠たる部下であると思い、すぐに許可した。しかし、胡敏は違った。前回、張寧の北京での情緒的な変化から、胡敏は何かあるとにらんでいた。

〝うちの中にはスパイがいるかも〟という直感に動かされ、そのスパイのしっぽをつかもうと心がけていた。それゆえ江水の〝休暇〟をききつけると、彼女は自分のその直感を証明する絶好のチャンスだとひそかに思った。

江水が列車に乗り込んだとの報告を受けると胡敏はすぐさま電話を取った。そこで北京と南京を結ぶ軍用電話線に一つの綿密な「作戦」ができ上がった。

南京駅を出た江水を、南京軍区政治部のジープが待機していた。そして指定された宿である軍区第二招待所に送られ、これによって江水のすべての行動は監視下に置かれることになった。江水はのるかそるかの行動と判断し、張寧に会うことを要求した。しかし、案の定、政治部も歌部団も張寧の居場所を教えてくれなかった。それでも江水は諦めようとせず、ついに張寧の家を見つけることができた。母親から歌舞団の人たちと郊外にある軍区通訓団構内で催した某講座で研修していることを聞いた彼は、大急ぎでそこにかけつけた。しかし、入り口で固く断わられた。

北京から、電話による命令が来た。江水に即刻帰京せよとの命令であった。江水は北京に戻ると直ちに拘留され、邱家にももちろん二度と足を踏み入れることはなかった。

軍の総後勤部党委員会は内部批判会を開き、のち「裏切り者」である江水に対する「判決」が下された。その罪状として「反党思想の罪」と「党ならびに国家秘密を漏洩した罪」が上げられ、彼を反革命現行犯と看做して無期懲役で貴洲にある軍事刑務所へ送還した。

一方、張寧も研修先から南京に呼び戻された。南京に帰る直前、張寧は林立果の好んだロングヘアをカットし、ショートヘアにした。

歌舞団に戻った張寧を見ると政委はぼんやりとしてしまった。

「張さん、なぜショートカットにしたの?」

「なぜって言われても…本当はもっと短く切りたかったけど…」

「君、でたらめじゃないか、どうしてそんなむちゃをするんだ、女優という自分の立場を忘れたの?」

しかし、どう言ったところで切ってしまった髪をどうすることもできないので、政委はため息をついて、本来の用件を切り出した。

「それはそうと…、北京から転勤命令が来たよ。具体的な勤務先は書かれていないが今日を入れて三日間の準備時間を与える。出発する前に某部長からお話があるそうだ」

「はい、分かりました」

張寧の返答は意外にもさっぱりしたものだった、彼女の新しいヘアスタイルと同じように。

彼女は李寒林との別れで自分を党と組織に献げようと決心したのであった。政委は彼女の冷静さに戸惑いを感じた。思いがけなかった張寧のその答えを受け、彼はかえって言葉に寵し、しばらく張寧を見つめていた。そしてごたごたした以前のしこりを少しでも軽くしようと一言付け加えた。

「張さん、前にも言ったように君は歌舞団の柱だ、そんな君を団は放したくないのだが北京からの命令となると、私にもいかんともしがたいのだ…」

「ええ分かっています、命令に従うことは軍人の天務ですから… では、これで失礼します」

出発の前日、某部長が果してやってきた。

「先だって君が北京でやたらなことをしたせいで、党の計画は全般に乱れてしまったよ。だから、今回は組織に服従することをまず第一に頭に入れてもらいたい。君は紅軍忠の士の子供で、共産党の赤旗の下で育てられたのだから、党に尽くすことが何より大事なことではないでしょうか。これからは君は恐らく首長のお傍で仕事をすることになると思いますが中国革命、ひいては世界革命のために大きく貢献することを期待します。君には幸福が訪れて来ています。南京軍区も、江蘇省四千万人民も幸福を感じています。しっかりと頑張って下さい！」

「はい、分かりました」

………

いよいよ出発の日を迎えた。張寧の母親もいそいそと娘を見送りにやってきた。娘が中央軍事委員会の事務局で仕事をすることになったということを母親は信じて疑わなかった。そして心の中で何度も何度も父親に報告し、夫と一緒に心から娘の出世を喜んでいた。

「気をつけなさいね、慣れないこともたくさんあるでしょうけど何でも先輩に聞くことよ、けっしてわがまましないことね。休暇がとれるときに帰って来てちょうだい…」

張寧は涙ながらに母親の言葉を一字一句心に刻んでうなずいた。

母親も娘との別れに目に涙を浮かべた「北京に着いたら電話してね…」

列車が動き出そうとしていた。あらゆる恨みや辛さを胸の内に秘めたまま、張寧はやっとの思いで母親に「お母さん体に気をつけてね、私のことを心配しないで…」と言ったのだった。

ゴーゴーと音をたて特急列車は一路北京へと向かった。

張寧は車窓によりかかり、黙然と外の景色を見ていた。田んぼや野原、農家の小屋とのんびり走る馬車、高く掛けられ伸びていく電線、そこに止まったり飛び上がったりするカラス…その素朴な風景は無限に拡がっていた。

自分の青春、萌し出した若葉のような青春。自分の恋、醸されたばかりのワインのような甘い恋、そして自分が十才から追求し続けて来た幻の赤いバレエシューズ、この生命の象徴でもある聖たるすべてが断たされてしまった。張寧は「埋葬」されなければならなかった。

彼女は、幾度も自分を救おうと努めた。これまで、無形のくぼみに陥った彼女は何回もはい上がろうと頑張ってきた。しかし、その度に蹴り落とされ、そして「態度」や「感情」と言った槌で叩きのめされ、ますます深く陥ってゆく一方であった…。彼女は自分としての自分を捨てなければならなかった…。

これからは別の張寧として「光栄」と「幸福」、それだけを考えて生きてゆくのだ、そう自分に言い聞かせて彼女は決心を固めた。

張寧はこうして選択の余地のない道に第一歩を踏み出していた。

3

この一年余り、林立果の興奮は頂点にのぼった。歴史の熱き息吹が自分の全身に溢れていることを強く感じた彼は権力の拡大に走りまわっていた。

一九七〇年五月二日、林彪夫婦は林立果が空軍党委員会で設立した「調査研究班」のスタッフ全員及びその婦人たちを毛家湾での夕食に招待した。

宴中、林彪は冗談まじりに周宇馳に質問した。

「空軍では、君が虎に指示を与えているか、それとも虎が君に指示しているのか、どっちだ？」

「それは当然立果同志がわれわれに指示をして下さっています」

………

六月三〇日、林立果は「調査班」と「上海班」（七三四一部隊の政委である王維国氏が頭目）のリーダー周宇馳、江騰蛟、王維国三人を誘って自ら防弾車「大紅旗」を運転し、万里の長城までドライブに出かけた。

途中、車内では三人がそれぞれの意思を示した。

周宇馳：「立果同志の運転する車は単に技術上完璧であるばかりでなく、政治的にも完璧な安全性があって、素晴しいですね。我々の今乗っている車は永遠に故障のない政治車だ…」

王維国：「われわれはこの立派な車内で義兄弟の縁を結ぼうじゃないか。とても幸せな気分だ」

………

十月林立果は日本映画「山本五十六」と「ああ海軍」を観た。そして「調研班」のミーティング中

に重要な話を切り出した

「我々も連合艦隊だ！　江田島の精神が絶対に必要だ！」

そこで「調研班」と「上海班」を合併して「連合艦隊」と命名し、林立果は艦隊司令官として指名を得、符号を「康蔓徳」（英Commanderの音読み）とすることに決定した。また、その他重要メンバーたちもそれぞれ符号が付され、林彪と葉群に報告された。

十一月、林彪は息子に忠告を与えた

「虎、空軍だけではなく陸軍、海軍の大将級以上のすべての人物に会いなさい、そうでないと指揮権を握ることはできないぞ」

林立果はさっそく父親の指示通り、軍内での活動範囲を一層拡大してゆくのだった。

一九七一年三月中旬、林立果は「連合艦隊」の重要メンバーである于新野、許秀緒、周宇馳、李偉信らを上海に集めて、巨鹿路三番の旧別荘で秘密会議を開いた。

会議では、林彪の実力と権力の優勢について検討し、それについての変化も分析した。そして、毛沢東の後継者となる時期およびその実現について三つの可能性をあげた

その一、平和的過渡で、いわゆる自然体によるというもの

その二、他の者にその地位を簒奪される危険性も存在する

その三、危険を察した場合、予定をくり上げて行動する必要がある。

論議の末「平和的過渡」を勝ち取ることを第一の目標としつつ「武装革命」を起こす準備もするという目標を設定した。そのため、①「教導隊」を成立すること。②武力クーデター計画を作成すること。この二点を重要方策として先に進めることに決定し、クーデター計画を「五七一工程紀要」と称することに定めた。

三月二十三日、于新野の手によって「五七一工程紀要」要録が九項目に分けて起草された。その構成は①可能性　②必要性　③基本条件　④時期　⑤勢力　⑥綱領とスローガン　⑦実施要端　⑧政策と策略　⑨秘密性と規律。

要録は第九期共産党代表大会第二次会議（廬山会議とも言う）以来、政局の混乱、統治集団の腐敗蔓延と愚昧無能…、その上、「B—52」がわれわれに対して警戒心を抱いているようだと分析し、これによって戦わずに捕われるより、出陣して飯釜を壊し舟を沈めるまで戦うほうが賢明であることと決定した。政治面では「後発制人」（まず相手に手を下させ、手の内を暴露させておき、その間によく準備を整え、反撃により相手を制圧すること）、軍事面では「先発制人」（先んずれば人を制す、機先を制すること）とし、〝社会主義看板を掲げている封建王朝を推し倒して〟最高政権を獲得するか割拠するかが目標であると主張した。そして「聯合艦隊」は数年にわたって準備した結果、組織的にも、イデオロギー的にも健全であり、軍事レベル、また物質においても向上していると確信した。

三十一日、なおも上海巨鹿路の旧別荘にて、林立果が「三国四方会議」（三国・上海、南京、杭州。

四方：王維国、周建平、陳励耘、江勝蛟のそれぞれが率いる軍区）を主催した。

会議中、林立果が次のように講演した。

「まず、情勢について少し話をするが廬山の闘争をダメにしたのは葉局長（自分の母親）とあの古臭いじいさんたちだ、「丘八は秀才には敵わない」（丘八：教養のない兵隊の旦那をいう、文字「兵」を丘と八に分解したものを呼び方とし軽蔑する。秀才：才能の秀でたもの、ここでは知識人をいう）、つまり文筆稼業する連中と戦うには廬山の方法では勝てるはずがない、廬山の事をまだ片付けていないのに党中央が整頓報告会を開くなんて、ばかばかしい、何か報告だ？　何人かの先輩をやっつけるためのものにすぎないんだろう。今、中央軍事委員会の事務局がやりこめられている。このまま発展すれば事態がどうなるかわからない…。

それで現在の闘いは、トップ支配権を争奪する闘いである。主席（毛沢東）の後を誰が継ぐか、張春橋（四人組の一人）なんかものの数に入れるか？　輿論をあおり立てる以外に何ができるだろう、あいつが後継ぐなんて冗談じゃない！

政権を奪うには、武力形式と平和形式の二つがある、われわれは武力形式の準備をしなければならない、そのため、よりたくさんの人を団結し、勢力を迅速に拡大することが最も重要だ、例えば、福建省、江西省、江蘇省をすぐに団結して置かなければ上海と浙江省の敵となる…。だから、団結こそが力になる、力があるこそ勝てるんだ…。

武器についてだが、兵器工場を管轄しているはずだ、必要な時が来たら、銃を従業員たちに配る、そうすれば一つの軍隊になる…。

建国祭が終わると、全人代の第四回会議が開催されるそうだ。ここでも一つの難関がある。首長（父親）が国防部長（防衛長官）を兼任できないと飾物にされてしまう…。ですから今のところは、表面を見ると静かなようだが水面下では波が立っている、相手も組織的に力をどんどん入れようと必死になっているんだ…。

ここで、もう一度確認をしておこう。上海方面は王政委、杭州方面は陳政委、南京方面は周副司令が、それぞれのリーダーとして積極的に行動をせよ。また、江政委が総リーダーとして全面的に責任を持つことになるので連絡を絶えずに取ること。

さあ、これからが本番になるから頑張ろう…！」

会議は朝方四時まで続いた。

終会後、会議室を出た彼らは用意された宴会室に入った。乾杯の辞は「林副部長の指導の下、団結して最後まで戦おう」というものであった。

林立果の聯合艦隊が最初に活動を行っていたのは北京の東交民港にある空軍招待所であったが、一九七〇年代に入ると勢力の拡大によって北京西郊軍用空港、空軍学院構内、空軍某高級学院五号ビル、七号ビル、上海巨鹿路、上海新華一屯、広州空港3号館、広州白雲山、北戴河など十数ヶ所に活動拠点を設立していた。そして情報収集、幹部訓練、戦力準備、国家秘密の盗聴などといった内容の工作をしていた。

また、通信装備やコンピューター機器も大量に保有し、十数本の専用電話線によって二十四時間体制で北京からの指令を随時に受けることにした。北戴河では、ヘリポート場も建設された上、水陸両用戦車の実践訓練も行われていた。

一九七一年三月、広州人民航空局毛沢東思想宣伝チームを基盤として、戦闘隊も設立させた。戦闘隊では連絡用暗号、秘密の合言葉、宣誓辞、隊歌、そして固い規律まで制定した。

四月九日、上海でも同じ機能を持つ「教導隊」を発足し、チーム全員にピストルと銃を一丁ずつ、班ごとに機関銃一丁、区隊ごとに軍用トラック一台を配置した。

又、チームメンバーに対しては一般的戦術の訓練だけではなく、特殊訓練や実戦訓練、空手なども訓練計画に加え、軍用車二種類とバイクの運転も全員に課していた。

政治的な教育ももちろん一刻もゆるめることはなかった。この教育の主旨は「首長（林彪）と立果同志を宣伝してゆき、闘いの中で立果同志を守り、そして革命の終点まで志を変えず、永遠に立果同志についてゆきます…」

「毛主席に永遠に忠誠す！林副主席に永遠に忠誠す！ここで敬愛なる党に宣誓致します、立果同志をお守りするという光栄かつ神聖な任務を命懸けて果たすよう尽くしていきます。又中国革命ならびに世界革命を最後まで進行致します…」というものであった。

……

中国は危機に瀕している、林家もまた危機に瀕している、それを誰よりも先に気付いたのは林立果であった。そしてその危機は自分にとって大きなチャンスであるような気もしていた。

当時、中国政治舞台で活躍している黄永勝、呉法憲、李作鵬、邱会作の四員大将は林立果にとって酒胃袋を持っているがさつな英雄に過ぎず、一瞥するほどの価値もない連中であって、又、国の筆と言われ、常に江青にぴったりついている張春橋と姚文元も女性化した男で、林立果の眼中にすら入れないのであった。

林立果、生まれた日から宝塔の先端で生活してきた貴公子、中国全土を一つの巨大な城として俯瞰してきた若者、彼には彼にしか持ちえない冷静さがあった。特に文化大革命の激動の中、全国の青年が激しく燃えて、革命の風潮に駆られていた真っ最中でも、彼だけはひと動きもせずに淡々とその狂しい炎を上から見下ろしていた。自分の父親も含め中国革命の先駆者たちに対しても他の若者たちのように絶対的な敬虔心が彼には一度もなかった。

統治と誠実とが相匹敵することはありえない、政治というものは場合によって陰謀と欺瞞を表現することになる。又、政治とは一時的な妥協であって絶対的な不妥協である。そして、その政治にとっては、一時的にバランスがとれても絶対的なバランスは取れないことを林立果が悟ったのはあまりにも早すぎのであった。

毛沢東主席、全国を挙げて、十億たる人民の神様的な存在であった偉大な人でも、林立果の目にはただのおじいさん、いわば普通人間としてしか映らなかった。人間ならば誰でも長所があり短所もある。毛主席も自分の父親も決して国民に誉めたたえられるような完璧者ではないと彼はずっと思っていた。

北京大学―中国最高学府での薫陶。自然科学に対するひたむきな心は彼には大きなプラスとなっていた。彼が歴史専門家たちより十年も早く「この時代は社会主義の看板を揚げている封建王朝である」と指摘したことは実に驚くべきことであった…。

林立果の中ではある種の危機感があったか、あるいはすべての面でエリートである責任感を持ったか、とにかくその時点での彼はすでに強烈な使命感を抱いていた。

林立果、ついこの間まで両親の秘書たちに会ったら、お行儀よくあいさつをする美少年から、一躍この古き東方大地を破滅から救い出す英雄になろうと歴史の一ページに歩き出した。しかし、それは、たかが彼の荒唐な英雄夢に過ぎなかった。が、流血の事態になろうとも、たとえ同じ陰謀や欺瞞を企てたとしても彼はその夢を実現しようとしていた。

………

又も胡敏の甘い笑顔。今回、違うのはその笑顔に真心が込もっていたのであった。三年間にも渡る

「美人コンテスト」で、胡敏は骨を折るほど苦労をした。「お妃探し」は何も彼女だけの特許ではなく、黄、呉、李三家も美女を差し出すために悪戦苦闘をしていた、葉群自身も林彪事務局で「お妃選考班」を発足させ、そのスタッフは全国二十九にものぼる省、市、自治区に足を運んでいた。数えきれない美女の中で、葉群への拝謁を許された女性だけでも千五百人を超えていた。そして身長、年齢、体型ごとに、又東洋的美、西洋的美、綜合的美とに分類され、それらはアルバムに収められ、その上で厳格な審査もしたのち、北京まで呼びだし、面会するシステムとなったのであった。

胡敏の家だけでも六人の女性が「招待」されていた。彼女たちはしばらくの間、邱家に住まわされ、中央政治局委員レベルの食事を与えられ、そうしてスタイルに変化があるかどうかを見て、太りやすい人ならば失格となった。なぜなら、このタイプの人が党中央最高ランクの林家の食事待遇を受ければ、すぐに肥満となるのは目に見えているからであった。

胡敏が江蘇省に目を向けたのはどうやら正しいかったようだ。蘇洲市、無錫市、楊洲市、南京市、江蘇境内のこれらの都市はいずれも美女の出る地域であった。その上、新四軍時代の戦友であった人も数多くいたため、自分の目や耳となる人も大勢いた。

ここに来て、果して予想通り、彼女の推薦した張寧が本命に決まりそうであった。

林立果は張寧の氷のような美しさに魅了され、他の美女には目を向けようともしなかった。彼は、張寧と二年間も会っていないというのに忘れることができず張寧以外の女性とは絶対に結婚しないとまで宣言していた。そんなわけで胡敏は豊作を得た農民のように喜色こぼれんばかりであった。

「張寧、よかったね！　あなたは本当に幸運に恵まれてる人だわ…。それでね、林副主席と葉局長は、あなたの将来について、とてもご関心がお有りなの。中央首長夫人にお医者さんが多いことを考慮して、あなたも医者になっては、とのご指示を頂いたの…」

「父は臨終の時、大きくなったら医者になれと私に言ったのですが、南京では、どうしても女優にならねばなりませんでした。それが今になって医者になるなんて、難しいと思いますわ」

張寧は苦笑いをしながらそう言った。

「そんなことはないわ、あなたはまだ若いんだから、勉強すれば何だってできるわ。実はね、葉局長はすでに手配なさってるの。三〇一医院と石家荘軍医学院のうち、あなたが好きな方に決めていいそうだよ」

「そうですか、それなら、私、石家荘の方に行きます」

「それは少しずるいわ、石家荘は三〇一よりずっと遠いのよ、私はどうやって面倒を見てあげるの？　だから三〇一に行ってちょうだい、北京市内にいる方が私も安心だし、虎とのお付き合いを深めるにも是非そうなさって…」

それから三日後、張寧は三〇一医院の用意した宿舎に入った。胡敏は彼女のために保健医を配置した。栄養剤などを中心にすべての薬は外国製であった。保健医によると張寧の待遇は中央政治局委員としてのものであった。

中国医学の最先端をゆく三〇一医院は、彼女のような人のために医師育成班を設けた。彼女を含め、十人ほどの学生はすべて特別な身分の女性であった。

第一週目の日曜日、院長である金乃川氏は自宅に張寧を招待した。食事、睡眠、勉強、宿舎の住みごこち、困ることはあるかどうかなど、事細かに質問された後、突然、林立果の来訪を知らされた。そしてまたたく間に、外から車の音が聞こえてきた。金院長はすぐさま出迎えに立った。張寧の耳には玄関で林立果があいさつしている声が聞こえた、金院長と会話を交しながら次第に張寧のいる客間にやってきた。金院長は林立果が部屋に入ると、何気なくドアを閉めて二階に上がっていった。

客間は二年ぶりに再会する二人だけの空間となった。入ってきた林立果は窓際に立ち、ソファに端座している張寧をじっと見つめた。張寧も心を落ち着かせ目を彼の顔に向けた。彼が一回り太っていることが第一印象であった。

「張寧、ショートにしたね、あんなにきれいな髪の毛を切ってしまったのはもったいないな…」

…沈黙、お互いの熟知しているあの沈黙、林立果がその沈黙をまたも破った。

「張寧、二年間も会っていないが元気だった?…」

「……」

「ね、どうして何も言わないの?　そんなにぼくのことが嫌いなのか…」

またしても張寧は答えず、沈黙の時間が流れた。

「ああ　あ、つまらないね、さあ　なにか面白いことはないかな…そうだ、手に入ったばかりの超ミニカメラをもってきたよ、これで写真でも撮ってあげようか。ぼくの撮影技術は一流でないけど、君の気に入る写真をとる自信はあるよ…」

そう言って林立果はカメラを張寧に向けた。

「ちょっとお顔の表情がきついね、いじめられているのかい？　それなら笑えないのも無理ないな…」

それを聞いて思わず張寧の表情に微笑みが浮かんだ。それを林立果は素早くカメラに収めた。

「ね、張寧、どこか行こうか？」

「どこに？」

彼女の神経が再びつっぱった。

「周宇馳の家に遊びに行くというのはどうですか？」

張寧はうなずいた。人の家に行くのなら「安全」だと彼女は気持ちのどこかで思っていた。

林立果は周宇馳を呼びつけて言った。

「宇馳、張寧と一緒にお宅へ遊びに行ってもいいかな」

「それは構いませんが、その前に葉局長の御指示を仰がれた方がよいかと思いますが」

「そうだな、猜疑心の強い母上のことだから、そうしよう。電話してもらえるかな？」

周宇馳は毛家湾に電話して、葉群の同意を得た。それから三人は林立果の運転する車で、三〇一医院を後にした。国道に上がると林立果はスピードを出し、右手でハンドルを握り左手でラジカセのスイッチを押した。にわかに激しいリズムの音楽が車内に広がった。強烈で豪放的なそのメロディーは張寧の耳には新鮮にひびいた。林立果は少しボリュームを下げて張寧に話しかけた

「音響のことはよく知ってる？」

「あまり知りませんけど…」

「今の音声は？」

「立体音響でしょう」

「知ってるじゃないか」

助手席に座っていた周宇馳が「そりゃそうだよ、こんなことで女優さんを参らせることなんてできっこないよ」と口ばしを入れた。

「そんなことないけど…しかしこんな音楽を聞くのは初めてだわ、どういう音楽でしょう」

「これはアメリカのロックだよ、欧米ではとても人気があるようだ。そうそう君はヨーロッパに行ったよね、似たような音楽を聞かなかった？」

私が行ったのは東ヨーロッパの社会主義国よ、まして六年も前のことだし、聞けるはずないわ」

「そうだな」

林立果が再び音量を大きくした。この瀑のような音楽から人類が未来への熱き希望と今を生きる堅忍不抜な勇気を表現していることを張寧は感じた。そして彼女のつま先は思わずそのリズムに合わせて動いていた。

林立果は張寧を見た、そして今度は音量を低くした。

「ね、こんなに生命力溢れる音楽がどうして我が国に入ってはいけないのだろう、変だと思わないか？　今の中国人民は『様板劇』（毛沢東と共産党を謳歌する模範劇）以外に何も聞けない、見られない。テレビも、映画も、ステレオも、舞台もすべて『様板劇』。文芸旗手である江青女史の傑作だ。なにか旗手だよ、まったくの田舎おばさんじゃないか、よくも芸術をここまで踏みにじったものだな」

そこで、周宇馳が兄のように林立果の肩をたたいて「ちょっと、言いすぎない程度に。張寧が驚いてしまうよ」。しかし、林立果は聞こえなかったように話を続けた。「ロックだってほんの『おかず』的なものだよ。外国、特に諸先進国では我々が知らないものがたくさんある。中国人を『井底之蛙』（井の中の蛙がいくら外を見上げても、井口ぐらいの大きさのものしか見えない、ここでは鎖国の比喩として使われている）にしてまで、自分たちを従がわせようだなんて、とんでもない支配層だ。将来、ぼくが中国を統治する日が来たら、必ずこいつらを脇に立たせる、そして中国人に世界のすべてを見せる…、張寧、その時となったら、君が一番喜んでくれるはずだね！」

張寧は『様板劇』で天下を統一するのはどうかと思わなくもなかったが、深く考えはしなかった。

今、そう言われてみれば、たしかにその通りだと思った。しかし言論の自由が庶民にはあまりにも遠いものであるため、言いたい放題を許されるのはこういう特権階級のトップにいる人だけである。彼女はやはりその話題にのることを避け、話題を変えようと初めて自分から質問をした。

「あの、こういう音楽を聞いておられることはお父様はご存知ですか？」

「首長はそこまでぼくをかまわないよ」

車は空軍学院に入り、さらに奥に進んで灰色の静かな建物の前で止まった。

入り口に銃を担う士兵が立っていた。

三人が二階に上がって、広間に入ったとたん、周宇馳は別の部屋へ去っていた
又もグリーン色のじゅうたんをひいたこの広間、ソファーがぐるりと周りを囲み、それぞれのソファーのティーテーブルには輸入されたジュースが置かれてあった。ここは周宇馳の家？　どうも家庭的なインテリアに見えない、その上、女性も、子供もいるような雰囲気がまったくない、疑問に思った張寧はさっそく林立果に尋ねた。

「ここは周宇馳の家って本当なの？」

「いいえ、ぼくが時々宿っている家だよ」。そして、広間の出口の方を指して「あそこの階段を上がるとドアが二つ見えるね、一つはぼくの執務室、もう一つはぼくの寝室だ」

「どうしてウソを…」

「ゆっくり話そうと思ったからだ。人の家では君が気を使っているようで、あまり話せないし、ぼくのところへ来てと言えばきっと来てくれないし、だからウソをついて君をここにつれて来た。悪いとは思ってるけど、大事な話があるから、分かってほしい…」

「大事な話ってなに？」

「張寧、ぼくと結婚して下さい！」

張寧の心臓はこの突然のプロポーズに止まるかに思えた。

「それは…できない。第一、私たち、お互いにまだよく知らないし、私自身も勉強に入ったところで、結婚するなんて、今は考えられないわ…」

「もちろん、すぐでなくでもいいよ、とにかくおつきあいを通して、二人の絆を作ろう。ぼくは絆というものをとても大切だと思ってる。姉も同じだ、ぼくら姉弟の絆はすごく深いんだ。だけど、葉局長との親子の絆はほとんどないと言っていいぐらい。信じてくれないかもしれないがぼくと姉が物心のついた頃から葉局長を『お母さん』と呼んだ覚えはないんだよ。どうしてこうなったのかぼくも分からないし、仕方のないものだと思ってる。だって絆というものは無理やりにできるものじゃないから。だからぼくも君に無理じいをしたくない、君の気持ちを尊重したいと思ってる。そうでなければ君は二回も南京に戻れるはずはなかった。その後、葉局長と胡敏が君の代わりをたくさん探してくれて、ぼく自身も美しい女性をたくさん見てきたけど、ぼくの目には君しか映らない。どんなにきれいな女性を見ても興味を持てない。ぼくは自分の気持ちも尊重したいと思った、だからもう一度君を呼んで、ぼくの心を見せて、ぼくのことを分かってもらいたいと思ったんだ…。まあ、たしかにぼくたちの間には客観的に一定の距離があるので分かり合うのは少し時間がかかるけど、君が北京にいると会える機会をたくさんつくれるから、そこから愛を育てていこうと思ってね。ただこれも二人の気持ちが同一の方向に向わかなければならないけど。張寧、ぼくと同じ方向に向かってほしい！…」

ここまで真剣に話をしてくれた彼に対して張寧はこれまでとは全く違うイメージを抱いた。中国№2の家族、その誰も想像のつかない真実まで言ってくれたことに張寧は彼の正直さに感心した。彼女は初めて一人の人間を見る目で彼を見た。「副部長」や「第三代後継者」という肩書きをはずせば、自分と同じような若者であることを張寧は素直に受け入れた。そしてこの青年に対して好い印象を持ち始めた。

すぐに張寧の答えが返ってこないので彼は深いため息をついた。

「張寧、葉局長がどんなにうるさいか。ぼくの車まで呼びベルがついて、どんなことでも報告せよと言われている、特に君とのことは目を離せないようだ。その上、ぼくも仕事で忙しく、近ごろよく出張するから、君とこうして話せる機会も本当に少ないんだ、だから、なにかをしゃべってください…」

張寧は胸がせつなくなって、目に涙を浮かべた。これまでの辛い思いをすべて吐き出したいような気持ちが湧いたが、やはりその時期ではないと思い、又、彼の正直さと憂鬱が自分の辛さと怒りを薄めたように思えた。今、運命が自分をこの無人島のような広間に座らせ、もう変えられぬ現実に直面した。これからは自分が彼を知っていかなければならない、彼の言う方向に歩まなければならない、というより自分自身もこうなった以上、彼を理解し、彼を愛せるように努め、そこから自分の新たな人生を探求してゆくのがより有意義に生きることになるのではないか…そう思った張寧はハンカチで涙を拭いて口を開いた。

「分かりました、あなたと同じ方向に向かってお付き合いをします。ただ一つだけお願いがあります」

「いいよ、言ってごらん」

「私が勉強する二年間は結婚のことを考えないでほしいの」

「いいよ、そのかわりしっかりと勉強して立派な医者になるんだよ」

「ありがとう…」

彼は彼女に近寄って今の話をかみしめるように彼女の手を握った。張寧は手をひっこめようと思ったが、なぜか彼の手から伝わってくる拒めない情熱を感じたので、それはできなかった。

話題を変えようとして張寧の言った言葉はたちまち彼をがっかりさせることになった。

「ね、江水さんはどこに行ったかご存じ？」

このまったく思いがけない質問に林立果も何秒間か唖然としていたが、さすが大物だけあって、すぐにいつもの表情に戻り冷静に答えた。

「あの人のことについてはぼくも知らないんだ、知りたいのなら聞いてみてあげるよ」

………

二人はあれこれ世間話をして、昼食も共にした。

食後、まもなく、再び張寧が胃炎を起こした。かなりのストレスだったようだ。

額に汗がいっぱいに出ている張寧を見て林立果は驚いた。

「どうしたの？　具合でも悪いの？」

「胃が痛いわ」

「三〇一に送ろうか」

「大丈夫です、いつものことだし、しばらくすれば痛みはなくなるから、その必要がないわ」

「それなら、ぼくの部屋で少し横になって休むといい」

林立果が手を差し伸べて「さあ、行こう」と張寧の反応を待たずに彼女をささえたまま自分の寝室へ入った。部屋は意外と質素だった。ソファー、ベッド、テレビ、机。壁に大きな中国地図、それからテープ・レコーダーや撮影器材なども置いてあった。

周宇馳が西瓜を持ってきたが林立果はそれを断わった。

「彼女は胃が痛いんだから、こんなものを食べるとますます悪くなるじゃないか、それより熱いお茶を持ってきて」

周宇馳はすばやくお茶を持ってきた。

林立果はベッドのそばにしゃがみ、スプーンでお茶を張寧の口に運んだ。お茶の熱さが効いたのか、貴公子のその行動に心が熱く感化されたのか、そのうち、胃の痛みは徐々に鎮まっていった。

「ありがとう、ご面倒をかけました」

「何を言ってるんだ、それより、本当に病院に行かなくてもいいの?」

「ええ、大丈夫よ、ありがとう…」

………

その後、林立果は出張がない限り、ほぼ二日に一回の割合で自らが運転する車で張寧を迎えて、毛家湾に出入りすることとなった。

林邸には映画ルームがあり、張寧が行く度に二人で映画鑑賞を楽しんだ。映写設備はすべて西ドイツから輸入したもので、光線も柔らかく、そのため目に疲れをほとんど感じさせなかった。映画ももちろん全部外国のもので張寧にとって初めて観るストーリーばかりだった。最初のうちは戦争などを表現する映画が多く、暴力や殺陣による流血シーンもたくさんあったため、張寧の不眠症をたびたび起こさせた。幸い林立果がそれに早く気付いて欧米のトレンド映画に替えることにした。張寧は胸をなでおろして安心した。

その日も毛家湾でディナーパーティが行われた。張寧は迎えの車で林邸に向かった。胡敏も柯露

（長男の嫁）を連れて、空軍司令部の諸高官たちと一緒にやってきた。パーティが終わるとみんなは映画ルームに案内された。

葉群は食べた後にすぐ映画を観るなんてつまらないと言って皆に出しものを披露するようにと勧めた。それに応じた軍官たちは林立果が火口を切ってはと提案した。が、母親の提案を気に入らない林立果は葉群をちょっとにらんで知らんぷりを決めこんだ。息子のその態度を見た葉群の顔はたちまち曇ってきた。

「虎、興覚めするようなことはやめてちょうだい、皆さんは楽しみにしているのだから、早く何かをやりなさい！」

「わかったよ！」林立果はあきらめて後ろに向いた。「宇馳さん、代って労をとってもらえる？」、「いいよ、やらせていただこう」。周宇馳が葉群と林立果の機嫌をなおすため、すぐに立ち上がり前に出た。

「笑い話しを致します。昔、ある男がいました。その人には大変恐いことが二つありました。一つは女房、そしてもう一つは『女房に弱い』と言われること。ある日、わけもなく、女房が又も突然怒り出しました。彼女のどすのきいた声と振り回すごつい手が恐くて男がベッドの下に身を隠しました。そこへ隣の人が尋ねて来ました。男と話があると女房に言いました。女房がベッドの下で震える旦那に早く出なさいと吼えました。そしたら、男はどうしたと思います？〝おれは堂々たる男だ、お前の一言でおれが出るとでも思ってるのかい？　おれは出たくないと言ったら餓死しても出ないぞ〃と叫んでいました。以上です」

周宇馳は葉群の顔がまだ晴れていないのを見ると「次は胡局長の出番です」とすぐさま言い、頭のよい胡敏がさかさず前に出て来た。

「宇馳さんの昔話につづいて、私は山西省の人の『愛吃酢』（酢を好む、中国ではやきもちをやく人のことを言う場合によく使う）について話します。十年ぐらい前、私は山西省に行きました。街に出ても、商店に行っても、レストランに入ってもお酢の匂いがぷんぷんしていました。道を歩いている人の体までお酢の匂いがして、電車に乗ってもその匂いは消えないの…」

葉群は好奇心をあらわにして尋ねた。

「どうして？　まさか誰かが電車の中で酢をこぼしたんじゃないでしょうね」

「いいえ、お酢をたくさん口にした女が旦那にやきもちをやいてケンカしたの、それてお酢の匂いが車内に広がってね…」

葉群の顔が晴れてきた、皆も一斉に笑った。胡敏は見事に葉群の歓心を買った。

そこで、林立果が胡敏に意地悪をしょうと思って、妊娠中の柯露をからかうことにした。

「柯露さんならもっと精彩なものを出せるよ…」

柯露は全然気にせず、大きなお腹をかかえて、ゆっくりと立ち上がった。そして左手で鼻をつまんで、右手でお腹を押さえて鼻声でギターの物まねをした。そのパンダのような体の揺れとギターの音にそっくりな声が全員の喝采を博した。一番おかしそうに笑っていたのは葉群だった。あまり笑いすぎて涙を拭く人もいた。今度は柯露が林立果への「お返し」に張寧のことを引き入れた。

「副部長さま、私たちはあくまでも無闇に騒ぐ素人に過ぎないわ、やはり芸術家である張寧さんに玄人の演技を披露していただきたいですね」

それを聞いた張寧は林立果に視線を向けた。その視線の奥には自分にとって初めの体験であるこの不案内な場面にどうすればいいかという問いかけが含まれていた。林立果が不満そうに柯露を見て、何をすべきかを考えている間、葉群が先に口を出した。

「張寧、あなたはプロのダンサーだから何も出さないのでは通りませんでしょう。ちょうど柯露に指名されたところだし、一つやってちょうだい」

林立果の視線がさっと張寧に投げられた。まるで彼女を席にくぎづけするような強いまなざしだった。しかし、葉群のお言葉に従わないわけにはいかないので張寧は立ち上がった…。

民族舞踏の一くだりを踊ったが、環境の不慣れもあってなかなか思うように体が動かなかった。踊りが終わると葉群は率先して拍手した、そして張寧を自分の傍に坐らせて褒めた。

「立派、立派、さすが長年の間プロの訓練を受けただけあるわね…」

張寧は葉群をこんなに間近で見るのは初めてだった。うすいグレーのパンツスーツと中ヒールの皮靴。上品に着こなしをし、お顔はうすく化粧をした。手入れの行き届いた肌がつやつやしていた。

職員がデザートを運んできた。

「張寧、あなたもここのあるじになるんだから、皆さんをもてなしてちょうだい」と葉群が言った。

「はい」、張寧はデザートを配り始めた…。林立果の前に来た時、彼は合間を見て張寧にささやいた。

「よかったよ、舞台で踊るよりずっときれいだったよ。」

デザートを食べたあと、映画が上映された。この日の映画はフランスの《宮廷愛神》（訳名）だった。ナポレオンの妹が仙女のような美貌で多くの男性を魅了し、それを利用して兄の王位を打ち固めるという筋書きだった。演技は大変すばらしいものだったが中には中国人が絶対に見れないヌードシーンも多かった。張寧は映画の画面でベッドシーンなどを見たことがなかったので、針のついたフェルトに坐ったようにきづまりで時々目をつぶったりせずにはいられなかった。隣にいた葉群はそれに気付いた。

「あら、気がひけてるの？ そうね、こういうのは見たことのない娘さんだものね。この映画を最初に見たのは誰だと思う？ 江青よ、この映画も彼女のお気に入りなの、だから私にすすめて送ってくれたの。まぁ、資本主義国家の映画は利潤が主な目的だから、ヌードシーンもかかせないのね。われわれはそれを気にせず映画からその国の政治や暗い面などものぞくことができる。演技ももちろん見どころですけどね。あなたもそのうち慣れれば、その面白さも分かってくると思うわ…」

その夜、三〇一に戻る途中、車は何軒もの映画館の前を通った。窓から大きな看板とポスターが見えた――今日〈紅色娘子軍〉上映中。

明日〈地道戦〉〈地雷戦〉(抗日戦争を題とするもの)上映する予定…。

4

葉群を知りたければ先に寝室を見るとよい。壁に名画や珍品などがずらりと飾られ、本棚の上や、ナイトテーブルの上も貴重な装飾品でいっぱい。特に目をひくのは目覚まし時計であった。純金やダイヤモンド、ルビー、サファイヤ、ヒスイがバランスよく散りばめられ、定刻になると可愛い小鳥の鳴き声が気持ちよく流れてくる。ビャクダン製三面鏡つきの化粧台も、そこには化粧品や宝石類以外にチョコレートやミルクキャンディ、お菓子もたくさん置かれてあった。幅広いベッドの奥側に花が三段に分けて並べてある。窓側にフランス宮廷風の高級ソファーセットが置かれ、カーテンもシルクで三重がさね、そしてテレビ、ビデオなどの現代電化製品も完備されてあった。

特長のない部屋でありながら独特な部屋でもある。少女のようで、貴婦人のようで、政治家のようで、そしてじゃじゃうまのような雰囲気が混合した「作品」でもあった。

葉群の生活も贅沢そのものである。飲食起臥は大変重んずるが、ダイエットのために米と麺類はめったに食べない。食事は精進料理を中心としながら魚貝類を好む。出された料理はわけもなくよく捨てる。又、果物好きも有名で、林邸の恒温倉庫には全国各地の果物が空輸され、常に新鮮さを保って置いてある。広州からはレイシやパイナップル、陝西省からは梅杏やすもも、東北からは黒桜んぼやりんご、新疆ウイグル自治区からはマスクメロンや白葡萄…。それももぎたてでなくてはダメ。その倉庫には最高級の高麗人参や鹿のつの等中国四千年歴史の精華ともいえる漢方珍品も多く詰め込まれている。ほとんどが食べきれず、機嫌のよい時なら秘書や職員たちに配るが大部分はやはり捨ててしまうという。

また、葉群の飲む水も使用する水も北京郊外の玉泉山から採る水に限る。水を運ぶことも警備車の日々の任務である。地方へ視察に行く時には水を乗せる専用機が毎日空を飛ぶ…。

毛沢東主席の「水泳は健康を守る」という言葉をきき、毛家湾はさっそく室内プールを設置した。葉群はプールの水温は常に三十度に保つように指示し、一度でも低ければ入らず、一度でも高ければすぐに上がるという。洗濯も定められた人にしか任せず、空気が汚れているからといって洗濯物は決して外には干さない、乾燥室の中は太陽と同じ紫外線の量に調整されている…。

葉群は寝る前に必ず全身マッサージをしてもらい、それから雑談をして眠りにつく。その仕事を専門に担当する女子職員がおり、彼女はじゅうたんの上で横になって、葉群が熟睡したことを確認してから退室する。

「喜怒常ならず」これが彼女の性格を一言で言い表す言葉であった。ややもすれば葉群は秘書や職員たちにかんしゃくを起こして、気の済むまで叱る、そして一時間もしないうちには理由もなくにこにこしてくる。

葉群は時折、身近な職員を集めて、自己点検のためのミーティングをさせるのだった。ある時、某秘書が林家での仕事について不安を感じたことがあると告白して、葉群は激怒した。「なんですって！　中国人民からすればこのような重大な職場にいながら、不安を感じるなんて、とんでもない者だわ、党や首長また私に対して一体どう考えているの？　そういう者は裏切り者ですよ！」その後すぐ秘書は田舎へ左遷された。

葉群は自分が女性であることを意識的に一刻も忘れはしない。公けの場ではいつも軍服を着ているが洋服ダンスにはそれを入れようとしない。ダンスの中はウール、綿、シルクなどの素材、色、デザイン、そして季節ごとに分類されて、その数たるや簡単に数えきれないのであった。紺や黒で統一された人民服を着ている中国の国民にとって、それは想像のつかないことであっただろう。

そんな葉群も時には彼女の握っている絶大な権力ゆえに、女性であることを無意識のうちに忘れてしまう。たとえば彼女の痔の発作が起った日、三〇一病院から専門家がかけつけて、治療が行われた。そこへ重要事項の報告で訪ねてきた秘書が治療中であることを配慮して、医師に伝言を依頼しようとすると葉群は呼び止めて言った。

「あなたたち、何をこわがっているの？　さっさと入って仕事の話を早く言いなさい、私はもう若くないんだから気にしないわ。」

そう言われて入ることも退くこともできない秘書たちは内心葉群の怒りを最小限におさえるにはどうすればよいか戸惑っていた。葉群はしかし情容なく、一段と声を高くした。

「君たち、それでも軍人と言えるの？　全くまぬけなんだから…」

窮すれば通ず。そこで医師が屏風をひっぱってきてベッドを囲んだので秘書たちはようやくその難関を切り抜けることができたのであった。

毛家湾の秘密は山ほどあったが林彪夫妻の性生活は秘密にはされなかった。林彪はいつも葉群のところに突然やってきて、あっという間に終わってしまう。そして、夫が引き上げると葉群は部屋から飛び出して、職員たちを罵りはじめる。「どうして首長をちゃんと監視してくれなかったのよ、首長が来ることを事前に私に報告するように何度も言っているでしょう？　何度言ったら分かるのよ、まったく…」

葉群にとって林彪は絶対的な存在でありながら戯弄する存在でもあった。

夜遊び好きな彼女は暇になると毎晩出かけていた。頻繁に行ったのは江青のいる釣魚台（国賓館）の十一号館だった。そしてどんなに遅く戻っても林彪の寝室に行ってくどくど話を聞かせるのだった。このことに悩まされる林彪は林立果を通じて事務局に指示を出した。

「彼女は外から戻ると、ますますうるさくなるから夜の外出をひかえめにさせるんだ。すぐに事務会議を開いて、秘書たち全員参加し、有効な解決法を検討しなさい。」その上、秘書に「做事莫超権、説話莫罗索（行動は権限を超えず、話はくどくどせず）と言う言葉を掛け軸に書かせ、葉群の寝室に掛けさせた。そして時々葉群の部屋に行って自分の指示をちゃんと実行しているかどうかをチェックした。

しかし、葉群も負けてはおらず、夫の寝室に行くのは止めたものの外出のほうはちっとも減らそうとはしなかった。誰よりも夫のことを知っている彼女はボイラールームの職員に自分の使用するすべての部屋、廊下も含め特に寝室の温度を十八度にするように命じた。それは、夫がチェックしに来れなくなるための手段であった。なぜなら、林彪は厳密な温度調整を要求し、その温度は二〇・五度でなければならず、冷えに対して極端に弱いからであった。こうして林彪は確実に妻のところへ行かなくなった。

一方、林彪のことにいつも心を配っているのも葉群であった。その面倒見のよさは乳児を持つ母親以上であった。

毛沢東主席と林副主席は天安門広場で八回も紅衛兵を観閲した。その一回一回に葉群は完璧な手配を施した。まっさらの軍服、講演原稿、手に持つ毛沢東語録、ポケットに入れる薬……すべてを細かく用意して再三にチェックを行った。第二回目の閲覧で林彪が毛沢東より一分間遅れたため、葉群は秘書たちを厳しく叱った。「時間をよ～くよく把握するよう、あんなに言ったじゃないの？　どうしてできなかったのよ！　役立たないもの！　毛主席を待たせたということがどういうことか分かるの？　大変なことですよ！　行く前に言ったでしょう、首長が毛主席より先に天安門城に上がってはいけません、毛主席より遅く着くのはもっといけません、くれぐれも注意しなさいって。首長が一分間早く着いて毛主席の到着を迎えるのが筋合でしょう、どうしてこんな大事なことをゆるがせにしたの？　今回のことはよく言って職責失当！　悪く言えば毛主席と林副主席の仲を破壊！　これは単なるミスではなく政治事故です！…」

それを聞いた秘書たちの足はがたがたと震えて体中に冷や汗が流れた。そのあとの六回は秘書たちがさっそく完全対策を取って観覧の前夜は毛家湾と中南海（毛沢東の住まいであるところ）の間で、林家の車が一晩中往復して、時間を完璧に把握した。それだけでは葉群の安心を得られず、出発前になると必ず訓話を受けていた。

「あなたたちは首長の行動に充分な心配りをしなければならない！　特に天安門城楼の上では、首長の立つ位置は常に毛主席を念頭に置かなければいけない。毛主席との距離は近すぎず、遠すぎず、しかも正面、側面、右側、左側とすべての角度から毛主席を遮るようなことがあってはなりません…、分かったわね、そのところを君たちは絶えず注意しておかなければなりませんよ！」

葉群は息子の林立果に対しても複雑な感情を抱いていた。彼女は一方で息子のたくましさを見る母親でありながら、他方政治的な面で息子を利用しようとする女陰謀家でもあった。

林立果が気心の知れた友人である秘書にこんなことを話していた。

第九回党中央大会の直前、葉群は息子の部屋を尋ねた。

「虎、お母さんが中央政治局委員に当選しなければ今までの苦労は水の泡となるの。お父さまは毛主席の後継ぎとはいえ健康状態はあまりよくないでしょう、最近は癌の疑いも出てきたし、あとどれぐらい生きられるかは分からないわ。その点お母さんならまだ若いから、将来虎もお母さんを頼れるし、もし虎がここでお母さんを手伝ってくれたら難関を切り抜けることができるのよ…」

「手伝うって?」

「今晩、周恩来首相が毛主席に委託されて毛家湾にお越しになるの。今度の政治局委員候補者のことについて意見を交換するんですって。その候補者リストにはお母さんの名前も乗っている、でもお父さんが手にすると消されてしまうかもしれない。この前のケンカで未だ会ってくれないから、もしこでもかっとなったらお母さんはもうおしまいだわ、だから首相が毛家湾に来ないようにすればいいの。首相が来なければそのリストも変わらないはずだわ。」

「どうやって来させないようにするの?」

「首長が自ら首相に電話するようにすすめるの、今、自分は汗をかいている真最中で（林彪は健康保持のため、漢医にすすめられた方法で定期的に汗をかくようにしていた。その間林彪の部屋へは誰一人として出入りすることが禁じられていた）とても面会できる状態でないのでお越しをご遠慮願いたい、候補者リストについては毛主席が召集したミーティングで協議したものを一〇〇％賛成しますと言わせるの…。お母さんから首長にはちょっと言いにくいけど虎なら大丈夫…。」

「そんなことはぼくもできないんだ…」

この話を聞いた友人は林立果の行動を評価した。

「虎、そうすべきだよ、そのほうが正しかったとぼくも思う…」

「そうだろう、こんなことをぼくにやらせる葉局長はどうかしてるよ…」

林立果は張寧にも度々言ってきかせた。

「張寧、局長には気を付けなさい、彼女は君を使ってぼくをコントロールする気だ。君は政治に手を出すべきじゃない、君には何にも知らない女性でいてほしいんだ…。葉局長は首長の名義であっちこっちいろんなことをやって首長に一切報告していない、本当に困ったもんだ…。」

親子の対立がこんなに深刻化していることは張寧を驚かせた。そしてこのことも理解のできないことの一つであった。

葉群、体の中で複雑な化学反応が常に起きている奇妙な女性。

彼女が生まれたのはアメリカの援護を受けている国民党軍少将の官邸だった。葉宜敬と名付けられ、本格的なお嬢様教育を受けて育った。一九三七年国民党中央放送局のニュースキャスターとなり、のち国民党軍事委員会第六部作戦訓練部に入り、キャリア軍官として活躍し、ゴージャスな生活を送ってきた。しかし、ある時、彼女は突然雅やかなアメリカ式軍服を脱ぎ、チャイナドレスも捨て、困難辛苦な延安に身を寄せ、共産党の革命に参加した。

その後、林彪と結婚し、一時専業主婦となったが解放戦争の後期になると林彪の秘書という肩書きを持って復帰し、そして全国解放の勝利を迎えた。彼女はロシア語も堪能だったため、中南軍区通訳課課長としても勤めていた。

一九五四年に軍を退役、市それから省の教育局長を勤め、のち教育部（文部省）教育司長になった。一九六〇年林彪が国防長官となり中央軍事委員会を主宰することになった。そこで葉群は再び軍に戻って林彪事務局局長となった。

文化大革命が始まり、林彪の地位も「一人之下、万人之上」にまで昇った。夫の栄進と伴って葉群も軍事委員会に入り、党中央文化大革命指導部のミーティングにも参加でき、中央政治局にも座を入れることができた。

葉群と江青、中国政治舞台に立ち当代に及ぶ者なしとされた女性二人。彼女たちは自分の生涯で「権力は人を壊す、絶対的な権力は絶対に人を壊す」という名言を証明した。

葉群は、二十四時間「目」を閉じることのできない女性でもあった。

その目は、まず林立果から離せない。息子が林家のため充分に謀略を発揮することを望みながら自分の視野を超えることを恐れ自分を裏切る可能性を防ぎ止めようと心がけていた。

次にその目は中南海（毛沢東夫妻）のことを絶えなく見張っていた。夫のことを「最も親密なる戦友」と毛沢東に称されたことも紙きれのようなものにすぎないと彼女は思った。自分が夫と二人三脚で丁寧に用心深くこの紙の上を歩かねばならなかった。特に江青のことは手間がかかった。彼女は曾て上海のバンドで一世を風靡した大スターだった。それに対してニュースキャスターだった自分が彼女との間のバランスをいかにうまく維持するかが大事な任務とも言えるのだった。

そして、その目は毛家湾をもじっと見つめなければならなかった。毛家湾にいる人間、毛家湾に入る人間……毛家湾には人間的なハートが存在しないためすべての人が権力の奴隷となるしかなかった。毛家湾の将来、毛家湾が中国の頂点に立つため、葉群は毛家湾の内部を固めることに心血を傾け尽くした。

最後にその目は林彪と黄、呉、李、邱が結成した「神聖同盟」も注目していた。夫への忠誠は少しの緩めでも許せない彼女がその組織の中で堂々たる官房長官となっていた。

……

女性にとって五十歳を過ぎた頃というのは、それまでに人生という田んぼで精を出し続けてようやく収穫を迎える年齢であり、豊かに生きる幸せとその安らぎを享受する年齢である。

しかし、野望と権力欲に心を占拠されている葉群はそれを知ることはできなかった。そうして疲れ切った彼女は贅沢を極めることで自分を償おうとしていた。

丈気に強がる彼女は、奔放にそして気ままに怒りを発散することで辛うじて自分を保っていた。

彼女の表面上に現われる強暴、薄情さ、固執そして冷酷さの裏側には軟弱さ、過敏、不安、恐怖感が隠されていた。このような葉群にとって心情の分裂は必至であり、神経質によるヒステリーもまた当然の結果であろう。

第五章　クーデタードキュメント

1

九月六日、夕方。

三〇一病院の構内を張寧は一人で散歩していた。

北京の秋。赤く染まったもみじの葉が風に揺られ、咲き乱れた菊の花も金色に輝き、さわやかな香をあたり一面にふりまいた。彼女は並木小道をゆっくりと歩き、自然の香りを胸いっぱい吸い込んで詩情と画意に満ちた南京城を思い出しながらのんびりと散策を楽しんでいた。

そのところ、林邸からの連絡はほとんどなかった。林彪と葉群は専用リゾート地がある北戴河へ出かけ、林立果も出張中だった。久し振りに静かな生活が張寧に戻った。母親に対する彼女の思慕はますます高まり、夏休みを利用して、南京に帰ることを思い付いた。しかし林立果の許可なしには勝手な行動をとれないので彼に連絡することにした。

前回、会った時、林立果は張寧に連絡の取り方について注意していた。

「これから、僕と連絡しようとする時には絶対に電話を使わないこと。葉群が盗聴しているからね。だから、そういう時は手紙を書くといい」と住所の書かれたメモを張寧に渡した。

「ここに送れば、すぐにぼくのところへ届くからね」

張寧の林立果に対する印象はここ何ヶ月の間に、少しずつ変化していた。彼は権力の上に立つ人でありながら、張寧の前では普通の人でいようといつも心配りをしてくれた。そのため、張寧は自分の気持ちをきっと彼はくみとってくれるだろうと思って、手紙を書いた。

——立果さんへ、お元気ですか？

出張先での仕事は順調に進んでいますか？　この手紙がいつお手元に届くのか分かりませんが、とりあえず書きます。さて、こちらでの勉強は大変ですが何とかついてゆけるよう頑張っています。もうすぐ夏休みに入りますが、休みの間に帰省することを希望します。よろしくお願いします。それでは、いいお返事を待っています…。

張寧——。

手紙を封筒に入れてポストに向かおうとしていた時、保健医が慌ただしく足音を響かせて入ってきた。

「張寧。金院長がお呼びです。至急来て下さい。急用だそうです」

張寧は保健医のあとについて金院長の家を訪れた。

「院長先生…」

「張寧。すぐに出かける用意をして下さい。林立衡が君を招待するそうです」

「招待？　毛家湾にですか？」

「いいえ、北戴河。中央首長専用の別荘で、中国で最も豪華なリゾート地です」

そこへ電話のベルが鳴った。院長が受話器をとると胡敏の声が聞こえてきた。

「院長。張寧にかわってちょうだい」

張寧は受話器を受けとった。

「張寧、久しぶりだわね。どう？　元気にやってるの？　会いたいわ…　私のこと忘れてないね！」

「はい、首長のことは忘れません」

「それを聞いて安心したわ。ところで聞いたでしょうが、北戴河への旅のことよ。残念ながら私はお共できないけど元気で行ってくれることを望んでるわ。それから、向こうに二週間ぐらいはいるつもりで身のまわりのものを用意してね」

「あの…行かなくてはなりませんか？」

「まぁ、また何か変なことでも考えてるの？　立衡はあなたのことを実の妹のように思って、あなたが夏休みに入っても寂しくないようにと配慮して、北戴河で一緒に楽しく休暇を過ごそうとしているのですよ。虎もそこであなたを待ってるわ。虎のためにも自分のためにも必ず行ってね…」

「はい、わかりました」

張寧は宿舎に戻ると荷物をまとめて、迎えにきた毛家湾の車に乗り込んだ。毛家湾に着いた張寧を林立衡が待っていた。彼女は白いブラウスを軍服の下に着て、足には古くなった革靴をはいていた。

そのスタイルは休暇を楽しもうという雰囲気からほど遠く、任務に臨む普通の女子士兵のようだった…。

2

盛暑の中、七十七歳の高齢に達した毛沢東主席が専用列車を宿にして列国周遊を行っていた。八月十六日武漢に、八月二十七日長沙、八月三十一日南昌、九月三日杭洲に…。この異例な行動は北戴河の林彪と葉群の懸念を引きおこした。毛沢東は南昌に着くと空軍に、軍用機で福洲軍区の韓先楚氏、南京軍区の許世友氏を迎えに行くことを命じた。呉法憲がそれを葉群に報告すると、葉群から毛の談話内容を聞くよう指示されたが、呉は自分の能力範囲内では無理であると答えた。

九月五日、広州軍区において上部組織幹部会議が開かれた。劉興元司令官が毛沢東主席との談話内容を伝えた。また、広州軍区の参謀長である顧同丹は于新野と周宇馳を通じて林立果に会談内容を報告した。しかし、林彪に対する評価の一部はその場では伏せられていた。

同日午前、李作鵬が外国軍事代表団に随伴して、武漢に到着し、武漢軍区政委劉豊の出迎えを受けた。

ホテルに行く途中、劉豊は重要な話があると言って、翌朝に会うことを要請した。

六日、早朝。劉豊は訪ねてきた李作鵬に毛主席の武漢談話内容を提供した。そして、十時には、李作鵬は代表団一行と北京に戻った。

　その日の夕方、人民大会堂では外国軍事代表団の歓送パーティーが行われた。黄永勝、呉法憲、邱会作らが人民大会堂の北京ホールに集まってきた。李作鵬は黄永勝をホールの一角にさそって、劉豊からもらった情報を報告した…。そして、深夜、林彪と葉群は毛沢東の武漢談話をほぼ全部掌握していた。その内容は次の4ポイントにしぼられた。
①・毛沢東が黄、呉、李、邱、四大将を指名批判した。「…計画的かつ組織的に地下活動をしている。陰謀の可能性が大きい」、「芦山の件はまだ終っていない。未解決の問題も残っている…。陳伯達のうしろには必ず誰かがいるはず、その人は国家主席に急いでなりたがっている。狙いは党を分裂させ、政権を奪い取ることである……」
②・毛沢東は林彪の名前を直接指名した。
「林彪同志はあの講話について事前に私になんらの相談もしなかった」

「今回の芦山の闘争には林彪も責任を負うべきだ」

「林彪同志に〝妥当ではないことを言わないように〟とくぎをさしたことがある」

「北京で執導部会議をいくつか開いたが大将たちの反省の言葉は妙に口ごもったものだった。恐らく林彪の顔色をうかがっていたのだ…」
③・さらに毛沢東は葉群と林立果についても言及していた。

「自分の女房が事務局長をつとめることは以前から不賛成だった…」

「あの息子も二十そこそこの小僧のくせに〝超天才〟などとおだてられているがみっともないことだ」
④．そして、毛沢東は軍での力について強い自信を示した。
「軍が反逆することは断固ありえない。黄永勝は解放軍を指揮して叛乱できる能力を持っていない！…」

最後に「マルクス主義を貫いて修正主義をしない。団結して分裂しない。光明正大にして陰謀策略をしない」を繰り返して強調していた。

八月二十七日。毛沢東が武漢を発った。午後二時三十分。劉豊等軍幹部が見送る中、専用列車に乗り込んだ。

列車が動き出した。毛沢東が添乗員たちに話しかけた。

「君たち、インターナショナル（万国労働者階級の歌）を歌えるか？」

「はい…」

「それでは、私が指揮して、君たちが歌いなさい！」

毛主席の雄壮な手振りに従って添乗員たちは歌った。彼女たちは国家万事をさばく偉大な毛主席にとってこうした余興はある意味で主席の疲れをいやすようなものであろうと感じていたが、この挙動の本当の意義を理解できる可能性は全くなかった。

毛沢東は偉大な政治家であるゆえに傑出する詩人でもあった。そのため、彼は象徴的な表現を凝らすことも多かった。例えば一つの決心や重大決定などをしたとき、必ず何らかの行動で表現するのだった。長江を泳いだのが某象征であって、《東方紅》の演奏にともなって天安門城に登って紅衛兵を接見したのも某象征であった。

列車でのその出来事も何かが起こる前ぶれであることを随行した政治家たちは感じていた。やがて彼らも一緒に歌い始めた。

「立ち上がろう。飢餓と寒冷に耐える奴隷たち。

立ち上がろう。全世界の痛苦たる人民
沸騰している熱血が胸腔に満ちて、真理を求めるために戦おう…」

様々な声調の混ざった歌声は様々な思いを伴って車内に広がっていた…。

歌が終ると毛沢東の表情も厳然とした。

「この歌を歌うだけじゃ意味がない。重要なのは、この歌を理解し歌詞の言うように努力することだ…。《インターナショナル》の歌詞はマルクス、レーニン主義の立場と観点を表わしたものである。つまり、奴隷たちが真理のために戦わなければならない。救世主なんかは従来存在しないし、仙人、皇帝などにも頼らず、すべて自分の力で自分たちを救うのだ。人類社会は誰が創造したのか。それはわれわれ労働者なんだ……芦山会議の時、私は七百字の文章を書いた。その中心問題は英雄が歴史を造ったのか、それとも奴隷が歴史を造ったのかというものであった」

…………。

九月七日、午前。

林彪の専用機が林立衡と張寧、そして一人の青年を乗せて北戴河へ向かった。

三人しか乗っていない機内、林立衡と張寧は青年より少し離れたところに座っていた。

林立衡は張寧に小さい声で尋ねた。

「ねぇ、あの人、どう?」

「スマートな方で素敵ですね」

舷窓を向いてとりとめなく変化する雲をじっと見ている彼の横顔を見た張寧は言った。

それを聞くと、林立衡が軽く溜め息をついた。

「彼は黄永勝夫人の項慧芳さんが推選してくれた人なの。張清霖と言って、広州軍区総医院の外科医なんですって」

林立衡の顔色は一瞬暗くなったがすぐに笑顔を取り戻した。

「本当に笑っちゃうわ。今どき普通の庶民でも親に決められた結婚なんてしないのに、葉局長はわざとそうしている。どうかしてるわ…」

張寧の心は悲しみで満たされた。自分だって同じようにしてここに来たんだ。張寧は自分と同じ運命のその青年を再び見た。ずっと動かなかったその横顔がそびえる岩石のようにきりりとして堅実さがうかがえた。

「お姉さま、ちょっと聞いてもいい？」

「なに？」

「彼のこと好きですか？」

「さぁーどうかな。どう思う？」

「うん…好きだと思うわ」

「何と言えばいいかしら。ある程度付き合いをしてみて、彼はとても誠実で人柄のいい青年だと思ったの。でもまだ、情というものが生まれていない。お互いに相手に対する気持ちは空白に近いと言っていいほど…、まぁ、それこそ仕方のないことだわ。これからは時間をかけて、ゆっくりとその空白を填めるつもりなの…。（笑って）、私は虎にかなわないわ。彼はあなたに一目惚れしたのよ。電撃的に燃え出した愛情というのは小説でしかありえないものだと思っていたけど、まさか自分の弟に現実にそのような愛情を見せられるなんて想像もつかなかったわ…。

彼はきっぱりと世の中張寧以外の女性とは結婚しないって、私にも葉局長にも言いました…。もし、私が姉でなかったら、やきもちを焼くところだわ……（笑）」

「だけど、私…立果さんに対して、今だに愛する気持ちになれないの…」

張寧は顔を真っ赤にしてささやいた。

「それは無理ないわ…。とにかくあせらず。虎に心を動かされる日がきっと来ると思う…」

……飛行機は山海関空港に着陸した。

三人は出迎えの車にのって、四十キロ先の北戴河に向かった。連綿と起伏して連なる山なみが車窓から見え、自然の美しさが目に飛び込んだ。しばらく行くと車は静かでへんぴな小道を曲がった。道端に整っている小松の木々が洗われたように鮮かな緑をかもし出していた。新鮮な空気を渇望していたか、張寧は車窓をあけた。湿って潤った空気がさわやかな海風と共に車内に入り込んだ…。やがて海が見えて来た。曲がりくねった海岸がずうっと向こうまでつづいた。岸に近い海水は透き通ったグリーン色に見え、遠く見ると青いさざなみが揺れ動いた。一方、岸に湧き上がる潮はデサイナーの産み落した美しい装飾のように壮観たる海に絶え間なく光る白いレースをちりばめてゆくのだった。

車が止った。フランス風の別荘が目に入った。コーヒー色の墻で、赤い瓦がつけられていた。その建物と周辺を見ていると、とても中国にいるとは思えないのだった。

「着いたわよ。ここは党中央療養院の57番別荘です。私たちはここで宿ることになっています。」林立衡が簡単に案内した。

林立衡と張清霖は東館に、張寧は西館に、それぞれの部屋と付き添いとして配属されてきた看護婦の部屋が用意されていた。

張寧は部屋に入ると真っ先に広いベランダへ走って行った。外にあふれる自然美にさそわれて…。果てしない海は空と一つになって、壮麗そのもの。彼女は自分が生き返ったように思えた。海のにおいをふくんだ空気が胸にどんどん入って、五臓六腑を隙間なく充満した。憂愁や抑圧感、そして南京への偲びも消えた一瞬を感じた…。

「張寧。会いたかったよ！」

その声に振り向くとそこには林立果がいた。彼は素早く張寧の手を握った。

「よく来てくれたね。元気だったの？」

「はい、おかげさまで…」

そこへ林立衡が入って来た。

「あら、虎。ずい分早く来たのね。あなたが来る前に彼女と一緒に外をひとまわりしたかったのに…」

「あ、お姉さま。ぼくは葉局長のご指示で来たんだ。あなたたちが着いたら、すぐ局長のところに行くように伝えなさいと言われまして…」

「わかったわ。局長の『ご配慮』は本当にすごいわ。私たちは別れてあまりたっていないのにすぐに会わなきゃいられないなんて…」彼女は皮肉っぽく言った。

林立果は苦笑いをして、皆と一緒に部屋を出た。

四人は歩いて百五十メートルも延びた坂をのぼると青い磚で造られた二階建ての別荘に着いた。中庭には蓮花石が聳えてそのまわりは松や植木で飾られていた。

〝あれ、この建物は窓が一つもない〟と気づいた張寧は近くに寄ってよく見た。すべての窓はニスを塗られた桐木の板で密封されていたのだった。

ここは、林彪と葉群専用の党中央療養院九十一号館であった。林夫妻の指示通りに改装された建物で事実上林邸の別荘となっていた。H型に建築され、東館と西館とを夫婦それぞれ一館ずつ使って、客間、執務室、食堂、寝室などすべて毛家湾と同じようにつくられた。中には地下室をつなぐエレベータもあって、車庫にも自動装置で連絡できるよう備えられていた。職員たちは中庁に宿って、二階は空いたまま、安全と静寂さを保つためだというのだった。

四人は葉群の客間に入った。絨毯の上で苛立っている葉群が四人の姿を認めると安堵したように言った。

「よかった、よかった。皆そろって来たね。あなたたちがカップルとなって来てお母さんはとてもうれしいわ…」

張寧は葉群のその言葉から幾分母親らしさを感じ取った。

葉群は張寧の前に来て、彼女の手を取った。

「張寧、ここでは首長も私も立果も大変忙しいの。だけどあなたはあそびに来たんだから思いっきりあそんでちょうだい。来週、私は首長について大連に行ってくるわ。国慶（十月一日。建国記念日）前には北京に戻る。あなたにも記念行事に参加してもらうね…」

「はい…」

皆がそれぞれの席に坐ると職員が西瓜を持ってきた。葉群が母親らしい口ぶりでもてなした。

「さぁ、食べて、食べて。この西瓜、南京から空輸して来たばかりなの。有名な中山陵西瓜だそうよ。山海関空港に着いた時、蔓についた露のしずくはまだ乾いていなかったのですって。とても新鮮でおいしいと思うわ…」

張寧は西瓜を口に運んだ。さわやかな甘い汁がのどを通っていった…南京、中山陵、彼女が飲み込んだ故郷の味がなつかしく心の中で広がっていった。南京のことが再び恋しくなった…。

「では、首長のところへごあいさつに参りましょう」

葉群は四人を連れて林彪の部屋に入った。

林彪は相変わらず大きなソファに端座して、微動だにせず、何かを考えていた。たとえ誰かが入って来たとしても…。

張寧は北京で一回だけ林彪に会ったが、それは彼女の学業についての話で三〇一病院の金院長を林邸に呼び入れた日のことだった。その日は張寧も立ち合わされたので金院長と共に林彪の執務室に入った。彼女はおずおずと林彪の斜向いに座った。記録映画や画報、新聞などで小さい頃からよく見てきた天下にその名が敬慕される大物が自分の二メートル先に端座していた…。偉人の顔色は青白く、髪の毛も耳のうしろあたり以外には一本も残っていなかった。話しぶりは落ち着きはらって声もまるで蚊の鳴くようだった……。

張寧は驚いた。まさか、千軍万馬を率いていたあの威名とどろく林彪元師は本当に目の前のこの人でしょうか…。

林彪と再会したその日も張寧は迷いを解くことができなかった。考え込んでいた彼女は葉群によってたちまち現実へとひき戻された。

「首長、子供たちがごあいさつに来ましたよ」

四人は、いとも恭しく葉群の後ろに立った。張寧と張清霖は更に緊張し、息を凝らしてお言葉を待っていた。

林彪は皆に目をうつして右手で手招きをした。四人がすぐに林彪に近寄った。

「いつ着いたんだい?」林彪がいつもの小声で尋ねた。

「お父さま。只今つきました」林立衡が答えた。

「そうか、ここの景色は悪くない。あなたたちは若いのだから海で泳ぐのもいいね」

そこで葉群は子供たちより先に返事をした。

「首長ご心配なく、若い者は大風大波の中で成長するのだから、この子たちもきっと興味があるはずよ…」

林彪はしばらく沈黙した。そして、張寧を見て話をかけた。

「口数の少ない子だそうね」

いきなりそう言われても張寧はどう答えればいいのか分からずパニック状態に陥った。しかし、何も答えないわけにはいかない。困境に落ちいった彼女は十億人民のスローガンを思い出して、口から出まかせを言った。

「林副主席身体健康、永久健康」

それを聞いた林彪は眉をしかめた。

「今の言葉を今後、家の中でも外でも使わないことだ。もちろん君たち全員ですよ。物事は真実でなければ無意味だ。人間は生もあれば死も当然ある。永遠に健康なんてことがあると思うかい？」

張寧ははっと驚いた。全国の人民がこのスローガンを毎日高らかに叫んでいるのではないか。もし、永遠がないのなら「毛主席、万才、万万才」というのも…その困惑を張寧の顔から読みとった葉群が言葉を付け加えた。

「首長は大変御謙そんなさるので、ご自分に対する個人崇拝的なものには不賛成ですの。」

林彪は引き続き張寧に向かって話をした。

「虎から聞いたが、ときどき安定剤を飲んでいるんだって？」

「はい、眠れない時は飲みます…」

「それはよくないね。自然睡眠が一番いい、まだまだ若いから、心に思い煩うことなんかすぐに捨てられるじゃないか。このままだと年をとったら、安定剤がご飯の代わりになってしまう…だからやめたほうがいい」

「はい、努力致します」

林彪は微笑んだ。

葉群がその微笑みから何かを掴んだ。

「首長、この子たちはうちに入る子としていかがなものでしょうか？」

林彪は張寧と張清霖を見まわした。

「けっこう、けっこう、一人は紅軍忠烈の娘、一人は労働人民の息子。虎、豆々、お前たちはそれぞれきちんと責任をもって相手を大事にしなさい。われわれのような家庭は人民と共に生きるべきだ…」

3

運命というものは、決して豊かな想像力を擁していないはずだ。

林彪の一生は例えどんなに豊かな想像力を擁する人間であっても決してこれほど波乱万丈たる生涯

を想像できなかったにちがいない。

中国革命史に大きく名を残した林彪、苦難の中を生きた人民にとっての彼は、諸殖民地統治や侵略戦争という火の海から自分たちを脱出させてくれた「救星」の一人でもあった。

「平型関大戦」「遼沈戦役」「平津戦役」…耳に雷を通すような大勝利の数々は林彪の功績の代詞となった。

「長征」（一九三四年十月、毛沢東に率いられた紅軍は、国民党軍と対抗するため西方へ移動開始、十一の省を経て雪山を登り、険しい山道を歩き、翌年十月、ついに二万五千㎞の長征を終って延安に根拠地を決めた。）中国革命史において最も偉大な壮挙であり、人類が持つ恐れぬ精神と無限の忍耐力、そしてすべてを超える気迫の象徴であった。

林彪は長征の中、紅軍一団の軍団長を勤めた人物だった。この軍団が時には先頭に立って戦い、全軍のため血まみれになって道をつくり、時には毛沢東のいる中央軍団の移動を援護して、進んでゆくのだった。長征について言及をすれば、アメリカのある有名ジャーナリストの著書《長征――前代未聞の物語》に林彪のことが次のように記述されている。

――紅軍の指揮官たちは、皆、頭脳明敏で実行力に富み、長期間鍛煉を経た人たちである。彼らは長年にわたりゲリラ戦を経験し、同じ戦いを共に経験してきたのだ。彼らほど自分の国土を熟知し、自分の人民をも熟知して、そして敵を知り自分の長所と短所もよく知った人間は実はいないだろう。

特に林彪の第一軍団は突撃と伏兵奇襲という点では群を抜いたものだった。湘江を突破した時に第一軍団が中央軍を援護しただけではなく、新四軍団をも援護して、任務を予想以上立派に果たした。

金沙江を突破する前夜、林彪の肩にかなめとなる任務がのしかかってきた。それは毛沢東から指示された「声東撃西」（一方を攻めると言いふらして、他方を攻める）との任務であった。具体的には紅軍の目標が昆明攻撃であることを蒋介石の国民党軍に信じさせることだった。そのため、林彪の率いた部隊はなるべく昆明に切迫し、恰も昆明を乗っ取るように見せかけていた。が、実のところ、その兵力はたかが一万人しかいないという小規模なものだった。

林彪がその部隊を指揮して空前の速度で前進し、昆明攻撃を見事に装った。彼らは昆明の北部を先に占領し、続いて西に向かい昆明城内を驚き慌てさせた。完全な錯覚に陥った蒋介石は昆明に応援部隊をどんどん増加してついに主力部隊も金沙江を放棄して昆明へ直行することとなった。それゆえ、毛沢東の紅軍がほぼ損失なく金沙江を渡ったのであった。

一方、林彪は追いかけて来る敵軍を遠く振り放して北へと迅速に進んで行った。五月三日夜。林彪の部隊が金沙江に近づいた。大板橋から出発してわずか四十八時間、しかも急峻な道のりであった…。

林彪は声東撃西と自己隠蔽に長じ、襲撃と待ち伏せ攻撃が巧みで、敵の側面や後ろから攻めるのも得意だった。彼はまさに計略と智謀の達人そのものであった。林彪は彭徳懐将軍ほど率直で生意があふれているようには見えなかった。彼は彭より十歳も若く、小柄で丸い顔をしているのだった。彭が部下との交流を多くするのに比べ、林は常に部下との間に一定の距離を保っていた。多数の人々にとっては林が含みを持つような人で部下に対する思いやり話などを見つけることはほとんどなかった。が、紅軍指揮官たちは皆彼を尊敬していた。彼はまっとうな話以外は口を開かない人であった。

毛沢東の寵児だった林彪は軍官の名門である広州黄浦軍校にいた頃、蔣介石（国民党の首領）そしてソ連元師バリュヘルの寵児でもあった。

一九二七年、湖北で企業家である父親の元から林彪は共産党に身を投じた。そして周恩来に従って「南昌起義」（一九二七年八月一日南昌市にて武装革命が起された。のち、その日を中国人民解放軍建軍記念日とした）に参加した。

一九三二年、林は二十四歳という若さで第一軍団長になり、そして二十七歳で全軍合流会議に参加できる高官の一人となった。彼はいかなる人を超える決断力と指揮力を持っていて、作戦を充分に把握することを念頭に置いた戦略家だった。

林彪、若き鷹、紅軍という銀河の中、まばゆいばかりに輝く星であった。

………

長征が終結し、平型関、遼沈、平津の三大戦役も勝利で終りを告げた。

運命は林彪に対して新たな構想を持ち始めていた。二十年足らず、若き共和国は不安定な政治により権力闘争が絶えない歳月を過ごした。それが、冷酷な彫刻家のように無情にも林彪をまったく別の顔にしてしまった。

毛家湾、林彪の執務室。すべての窓が紫色の厚いカーテンに遮られ、絨毯も同じ色で統一され、部屋中に冷やかさが漲っていた。大型デスクの上には想像を裏切って毛沢東著書も党機関誌などの政治書類らしいものも一切置いていなかった。ソファーとソファーの間に置かれたティーテーブルの上にさえもカップや灰皿の影はなく、まるで空気までがこの部屋に訪れてくる人々にすぐ帰るように促しているかのようだった。部屋の中で唯一の装飾品として目を引いたのは壁にかけられている毛沢東語録の巨幅字書である「你们要関心国家大事。要把無産階級文化大革命進行到底」（国家の事を関心せよ。プロレタリアート文化大革命を最後まで進行せよ！）だった。寝室は執務室より少し狭いものの約四十㎡の広さで、入るとウルシの塗っていないびょうぶがまず目につくのだった。（林はウルシの匂いが嫌いだったらしい）。びょうぶの奥にクリ色のシュロ製のベッドが置かれ、ナイトテーブルの上はハス花の形をしたランプがのっていた。そして、まくら元には夜中に時計が見られるように懐中電燈が用意されていたのだった。

林彪は毎日、幽霊のように音声もたてず執務室と寝室を往復していた。両室のソファーが「交代」で林彪に使われ、そこに座るとそのままの姿勢で何時間も考え事をするのだった。そして時には厚い医薬書をかかえて拡大鏡を手にして、じっくりと一字一句をかみしめた、又、タバコの吸わない彼が高級マッチを一盒ごとに取って一本一本に火をつけ、その火が燃え尽くすまでじっと見つめて、最後に残った棒を鼻先に持ってその煙の匂いを嗅いていた…。

毛家湾には毎日百通以上の「絶密」印を付された国家重要書類が届けられていた、党中央内部回覧、速報、簡報、要綱報、新華社内部参考報、それに中央軍事委員会、国務院（国会）外交部（外務省）…及び各省、市からの報告書…それらをあわせると十万字から二、三十万字にも及ぶ書類となり、それらの全部は葉群の主管する林彪事務局で処理されていた。林彪は事務局からまとめられてきた概要を毎日一時間程度で聞いて、署名やコメントなども機密員である李という人に任せていた。他人の字を上手に模倣できる李が代筆した林彪のサインは秘書たちでさえ真偽の区別がつかないというのだった。

林彪が欠さず真剣に耳を傾けたのは聯合通信社、路透社、共同通信、タス社などといった世界の主な通信各社による中国の政局、政策、人事異動についての反応及び予測だった。

林彪にとって、夫人は煩しい女性でありながら、いなくてはならぬ〝高級参謀〟でもあった。葉群もそれを得たりとばかり夫に次々と「アドバイス」を送り込んでいた。具体的にこんなことがあった—

ある日、葉群が各種新聞をたくさん持って林彪の部屋に入った。

「首長。ごらんになって。今、全国の紅衛兵小将と億万群衆はこんなにも毛主席を熱愛して崇拝しているわ。ほら、ここを見て、手で触れると焼けどするほど熱い言葉もあるでしょう…。毛主席の傍らにいる我々が何も示さないでいられるでしょうか。私が思うに全国人民のこの熱い気持ちを首長こそが概括して、最も目を引く重みのある言葉で公表すべきだわ」

林彪は座ったまま新聞に目を向けようともせず、夫人の話にも反応せず、ただ無言で曖昧な表情を浮かべただけだった。彼は夫人の思わず感情を高ぶらせる性質に慣れ、逆に夫人も自分の顔色で物事を判断できることを知っていた。葉群は言うまでもなく夫の表情から「許可」が得られたことを確認した。

葉群はさっそく部下たち全員に「お言葉」をつくることを任務として与える段取りをつけた。秘書たちは何日もかかって、単独思考とミーティングを繰り返し、ありったけの脳みそをしぼってようやくいくつかの言葉ができ上がった。

「毛沢東思想如日月経天江河行地」

（太陽と月は天をめぐり、長江と黄河は大地をゆき、毛沢東思想はそれの如く）

「以藍天作紙、以大海作墨、以森林為筆也写不尽毛主席的豊功偉績。也抒不尽我們対毛主席的無限熱愛」

（青空を紙にし、海水を墨にし、森の木を筆にするとしても、毛主席の偉大な功績を書き尽くすことや我々の毛主席に対する無限の愛を述べ尽くすことができない）

「革命方覚北京近、造反才知毛主席親」

（革命してこそ北京を近くに感じられ、造反してこそ毛主席の親しみを知る）…………

しかし、葉群のお気に召す「お言葉」は一つもなかったため、全部却下されてしまった。

秘書たちが大変緊迫していたその時、李作鵬の秘書の一人である譚氏が毛家湾にやってきた。その人は海軍の「毛主席著作学習模範」とされた人物で軍内では幾度もの講演を重ねて来た。彼の持っている数冊の学習ノートを見てもその中に「お言葉」となり得るものが山積みにされていると思えた。そこで秘書たちは彼に助けを求めた。

彼は一身に重任を背負って戦士の如き、机に臨んだ。まもなく一つの「お言葉」が葉群の手に届いた。

「結構、結構。これこそ首長らしい言語風格だわ」と葉群はほめながら林彪の部屋にそれを持っていった。

それを読んだ林彪はしばらく上機嫌であった。そして筆などを取り出して、その言葉の味を心ゆくまで楽しんでいた。

うれしそうな夫を見つめていた葉群は口を開いた。

「ねぇ、清華大学の紅衛兵小将たちに題辞をもとめられているでしょう」

「あ、そうだったな…」

「これでいったらどうですか。毛主席を賛美する旗を掲げたのはもともと首長なんだから、首長こそこの言葉を書くには一番ふさわしいのよ」

「うん、悪くないね」

葉群はすぐに秘書を呼んだ。

「君、宣紙（檀の木とワラで作った高級紙）を持って来なさい。一番大きいのをね！」

林彪は紙を前に筆を執った。将軍の漂逸洒脱な筆致が紙にならべられた。

「偉大的導師、偉大的領袖、偉大的統師、偉大的舵手毛主席、万歳、万歳、万万歳！」

（偉大な指導者、偉大なリーダー、偉大な統師、偉大な舵手毛主席万才、万才、万万才！）

「すばらしい！　すばらしい！」葉群は頻りに誉めそやした。

「この題辞はこれまでのすべてのもの以上に重みがある…、清華大学だけに送るのはもったいないわ。首長、これは中央文革（党中央文化大革命指導委員会）に渡すべきだと思います。向こうがこれを発表すると大きな反響を呼ぶし、歴史的に見ても重大な意義を持つでしょう。ねえ、どう思う？」

「いいだろう。そうしよう」

一九六七年五月二日、林彪の手書によるこの言葉は最も目立つ赤刷で全国のあらゆる新聞の一面を飾った。

…………

林彪は水を嫌った。風呂には入らず顔も水で洗わない。時々タオルで全身を拭く程度で、日常はティッシュばかりを使っていた。地方に行けば、宿泊先のホテルの噴水さえ止めさせるほどの徹底ぶりだった。

林彪は光も嫌った。寝室と執務室にある水晶製のシャンデリアをつけたことがなかった。昼も夜も、壁にとりつけた燈の弱い光だけに頼っていた。

林彪は意外にも食事に拘らなかった。主食や副食が何であれ、その味や色がどうであれ、一切気にしないのだが唯一要求したのはカロリーと温度であった。カロリーは保健医に任せられていたので林の調理師は熱さだけに気をつければいいのだった。そういう面では毎日のようにこまかく要求をつきつけてくる葉群の調理師と比べたら、林彪の調理師は「仙人」のようだと言われていた。

林彪は文化娯楽活動（レクリエーション）をほとんど楽しまなかった。映画やテレビも見ず、新聞小説も読まない。たまに、梅蘭芳（京劇俳優、人間国宝）のレコードを聞いたようだがそれ以外には興味がなかった。

林彪は毎朝六時に李文甫に付き添われ、防弾型「紅旗」車に乗り十分ほどドライブに出かけていた。天気のよい日は時々馬に乗って、馬の先頭と後ろに警備員たちをつけて、ゆっくりと松林を一まわりしていた。それが唯一の彼の運動だった。

毛沢東主席の「親密なる戦友」と言われた林彪であるのに時として彼は毛を避けていたようだった。

一九七〇年ルーマニア社会主義共和国大統領チャウシェックが夫人を伴って中国を訪れた際、毛沢東から林も会見に随伴するようにと要求された。林は体調が悪いという理由でそれを辞退するつもりだったが葉群に猛反対された。彼女は夫の前に跪きまでして泣きながらこう言った。

「首長、行ってください。必ず行って下さい。行かなければ毛主席にどう思われるか分からないわ。もし、これで毛主席の反感を買うことにでもなったら、それこそ大変なことになるわ…」

結局、林彪は夫人の言う通り人民大会堂に出向いた。その日ファーストレディの江青も姿を見せたのだった。

…………

紅軍の若き鷹は何処に？

毛沢東の寵児は何処に？

あの「計略と智謀」は何処に？

あの「超人的な胆力」は何処に？……

孤独、頑固、奇癖、貧弱……

生命の基本となる水や光をさえも恐れるようになった彼には万里無敵たる将軍の面影が見えるでしょうか…。

林彪は何を考え、何を恐れていたのかをこの世に知る人はいるでしょうか……。

……………

九月八日、午前。

張寧は葉群に呼ばれて迎えに来た職員の案内で九十一号に入った。葉群はパーマをかけているところだった。彼女は他の誰もが及ばないぐらいに髪のことを気にして、毛家湾、北戴河、人民大会堂にはそれぞれ専用の美容師がつけられていた。

張寧に食事や睡眠を、それから北戴河に対する印象などをたずねるうちに、葉群のパーマも終った。彼女は又もグレーのスーツに着替え、鏡の前で自分の姿をチェックした後、張寧を振り返り言った。

「さぁ、行きましょう。首長のところに連れて行ってあげる。今回、あなたたちがここに来たので首長はとても機嫌がいいみたいだわ。来週大連に行くのだけど、あなたたちを連れて行くというのよ…」

林彪の顔色はいつもよりほの明るく、張寧が入って来ると彼女を自分から一番近いソファーに座らせた。

「君は芸能界での仕事を十年以上もしているそうだが、文芸理論に対する研究はしているのかい？」

林彪は慈愛に溢れる口ぶりで言った。

心臓が速くどうきを打つのを感じてきた張寧は慌てた。たかが舞台女優の自分が文芸理論に対する研究だなんて、これまで考えたことすらなかった。顔を赤らめて彼女は小さな声で答えた。

「私……していません……」

「革命の理論がなければ革命の実践もないとはレーニンの言葉だ。どんなことをしても理論による指導は欠かせない。君はこんなに若いんだから、ちょうど勉強するのにいい時期だ。今後、医学の勉強以外にマルクス、レーニンの本を読む時間もつくってほしいね！」林彪は依然として慈愛溢れる目で張寧を見ながら言った。

「はい、分かりました。首長のおっしゃる通りに頑張ります！」

張寧は林彪の親切なその言葉によって鼓舞されたように感じた。三〇一に戻ったら、きちんと計画を立てて勉強しようと決心した。

葉群は口をはさんだ。

「首長はあなたにとても関心を払っているわ。学業だけではなく、思想や考え方などもね。私は特に生活面が気になるけれど…。首長はね、子供に対しては大変厳しい人なの。これから先、虎との結婚もあることだし、質素をこころがけてね。パーティを行わない。お祝いを受けない。寝具一式も軍配備のものでいい。あなたたちは全国の青年に対して「破四旧　樹新風」（四旧は旧思想、旧文化、旧風格、旧習慣をいう。文化大革命で打倒の対象となった。樹新風は新しい風習をうちたてること）のお手本にならなきゃ…」

葉群が喋っている間、林彪はなぜか目を閉じていたが、夫人の話が終わると目を開けた。

「人のことを言うのは簡単だ。しかし、自分のこととなると難しい…。あなたも暇があったら、少し勉強してはどうだい。あっちこっち走りまわったり、あれこれ喋ったりする暇があるなら…」

葉群の顔が雲った。

「張寧、首長は少しお疲れになったみたいから、あなたは先に私の部屋に行って頂だい。私はあとで戻るわ」

十分足らずで葉群は戻って来た。

「首長の具合はよくないから眠くなったようだわ。少しマッサージをしてあげて、今、寝たところよ」

そう言った葉群の表情はまるでやんちゃな我が子を寝かせつけた母親のようだった。そして、彼女は話を続けた。

「張寧、北戴河という所は毛家湾と違って、人間も物事も複雑なの。あなたはここにいる間、なるべく聞かず問わず言わずで通すのね。何かあったら、私のところへ来てね」葉群の口ぶりはやさしかった。

九月八日、午後。

葉群が再び張寧を九十一号に呼んだ。

張寧が客間に入ると葉群と林立果が座っていた。

「虎から話があるの、座って」葉群はそれだけ言うと部屋を出ていった。

林立果は張寧を傍に座らせた。

「張寧、今回、持って来た衣服は十分ですか？　大連に行ったら、寒くなるかもしれない…」

「大丈夫、大連と北戴河では気温はあまり変わらないと思いますし、それにあと一週間ぐらいで北京に戻るんだから少々寒くても辛抱するわ」

「ぼくは一回北京に戻ることになっているから、君の衣服を持って来ようか？」

「いい、結構です」

「いや、やはり持って来る方がいい。部屋のキーを貸して。適当に服を選んで持って来るよ」

林立果は意地を張って言った。

「キーなんて忘れたわ」しつこく言いはる彼のことを変だと思いながら彼女は嘘をついた。

「そうか…それなら北京で秘書に買いに行かせて、それを持って来るよ」

「そんなことなさらなくていいわ。本当に大丈夫だから」

ずっと張寧の顔を見つめて話をしていた林立果は床に目を落した。そして両手を握りしめて思索に入った。この話をなんとかもう一度もちかけようと彼は考えていた。

「ねぇ、張寧。もし、もっと北に行けば今の衣服では足りる？」

「もっと北って、大連じゃないの？」

彼女は北戴河からではなく、南京からその地理位置を考えていた。

林立果は何かを意識したように、それには答えなかった。しばらく沈黙してから彼はもう一度張寧の方を向いた。彼女の髪の毛をなでた後、手を取ってやさしくもてあそんだ。

「北京の宿舎に貴重品など置いていない？　もし…　もし、万が一北京が占領されたらそれを放棄してもいいかい？」

それを聞いた張寧は「北極熊」（ソビエトを指す言葉）のことを思い浮かべた。

「まさか。ソ連が侵略してくるなんてこと…はないわよね！」

そう言いながら張寧もそんなことはありえないのに気づいた。北京を離れる前には、何の変化もなかったことを彼女は思い出した。又、毛家湾で黄永勝の息子である黄項陽に会った時にも「防突弁公室」（ソ連の突然侵入を防止する機関）主任の彼が冗談ばかり言っていたのだから、情勢が絶対に悪くなっているはずがない…そう思うと彼女は思わず頭を左右に振った。

林立果は出てくる言葉をぐっとこらえるとしばらく考え込んだ。張寧も考えた。〝彼が北京に戻るのはきっと先の話と関係しているわ…〟

「ねぇ、北京にはどういうご用で帰るの？」

林立果はソファーから立ち上がりじっくりと言葉を選びながら返答した。

「最近、党中央の内部闘争が更に激しくなっているんだ…もしかすると…葉局長の政治的地位も…下がるかもしれない…。だから、北京に帰って、政局のことを見てこようと思ってね」

それを聞いた張寧は驚いた。そして「北京が占領される」という言葉の意味もなんとなく分かった。〝党の最高指導部で政変が起きるという大変なことを意味するのではないか…〟彼女は身を硬張らせた。

「葉局長を攻めるということは林副主席を攻めるということになるわ。毛主席の親密なる戦友である首長を攻めることは矛先を毛主席に向けるのと同じじゃないでしょうか。そのことを毛主席は知っておられますか？」張寧は心配そうに尋ねた。

林立果の目には苦渋に満ちた愁いが浮かんで声も小さくなった。

「うん、少しは知ってるみたいだよ」

「だったら恐がることは一つもないわ。共産党内で政変を起こそうとして、うまくいった人なんて一人もいないんだから、大丈夫だわ！」彼女は声を大きくして言った。

しかし、林立果にとって張寧の言ったこの一言は励みとなるどころか自分を打つ棒のようなものだった。彼は大きく息を吐いた。軍帽を脱いでソファーに戻ると両手に頭を埋めた。

「ねぇ、どうしたの？　そんなに大変なことになるの？」彼の姿を見て張寧は心配そうに聞いた。

「張寧、将来最悪な事態が発生しても決して何も言わないことだよ。いや、何も知らなかったことにする方がいい。わかったね。何も知らなかったことにするんだよ！　ぼくは君が巻き添えにされることを考えるだけでも寒気がするんだ。」

「何があったの？　どうしてそんなことを言うの？　わからない。全然分からない。ねぇ、教えて下さい。すべてを教えて…」

突然、林立果の手が張寧の手をしっかり握った。そして息遣いも荒くなって、張寧の顔を見つめながら近づいた…その時チャイムの音が鳴った。秘書が現れて林立果に告げた。

「立果さん。首長がお呼びです」

「張寧、ここで待ってて、すぐに戻って来る」林立果はそう言い残すと急いで出ていった。

張寧は自分を平静にさせようと本棚から一冊の宋詩集を取って読み始めた。しかし、心の乱れを押さえられないためか目の前の文字を読めず、時間を長く感じた。

林立果の足音が聞こえた。振り向くと彼はすでに自分の傍に来ていた。張寧が話しかけようとすると林立果がいきなり彼女を強く抱きしめた。そして、熱いキスを彼女の唇、頬、額、髪の毛に浴びせた。

林立果は何もかも忘れた。背負っているものが重すぎたのか、張寧の愛を一層渇望した。張寧は彼の手を振り切ろうとしたが彼は一段と彼女を引き寄せ、ますます激しくキスをした…。張寧はわずかな興奮を感じた。それと同時に自分の知らない何か大きくて恐ろしいものが彼のゆく手に、つまり自分のゆく手にもそびえていることを全身で感じた。

「北京にはどれくらい帰るつもりなの?」張寧はようやく話せるようになった。

「三、四日ぐらいだろう。ぼくがいない間、体に気をつけて充分に休みを取るんだよ。それから、ぼくの話したことを葉局長に言わないこと。周囲の状況は大変複雑なので何も聞かないこと…。いつかは君にすべてを話すつもりだ…」

「えぇ!」

葉群がやって来た。「虎、用意はできた? できたら出発を急ぎなさい」

林立果は張寧の手を放して立ち上がった。

「それじゃ、行くよ」

「気をつけて……」

彼はドアの前まで来ると足を止めた。立ったまま自分を見送っていた張寧の方を振り向いて、一分間ほどじっと見つめた。そして背を向けるなり去っていった。その表情は厳しくて、冷静ですらあった。それは否応なく運命に巻きこまれていく人間の覚悟を示す表情であった。

4

《五七一工程紀要》ではクーデターを起す時期についても計画された。

1．充分準備したのち敵を消滅。
2．敵が察知した時、すなわち緊急時には、準備の程度を問わず「破釜沉舟」（破れかぶれの挙に出る）する。
九月七日。林立果は第二の時期の到来を判断し「聯合艦隊」に「戦闘準備一級」の命令を下した。

九月八日、夜九時、林立果が林彪の手令及び葉群署名の手紙を携えて「聯合艦隊」のスタッフである劉沛豊、陳倫和と共に二五六号専用機で北戴河から北京に向かった。

九時四十八分、専用機が北京西部軍用空港に着陸した。そこには周宇馳と副参謀長の胡萍が向かえに来ていた。

簡単なあいさつを交してから林立果が話を切り出した。

「目下、上層部の闘争が大変激しくなってきている。首長は北戴河を離れることに決めた。ですから、速やかに飛行機の用意をして欲しい。首長はあなたたちに大きな信頼を置いている…今こそ、正念場であって首長を守る時である」

彼はそう言って林彪の手令を周宇馳に渡した。

——立果と宇馳同志の命令に従え。

林彪　九月八日

手令を読んだ周宇馳は自らに言いきかせると共に胡萍を促すような表情でただちに決意の言葉を述

べた。

「われわれは首長に忠誠を尽くし、刃の山に登ろうとも火の海に身を投げようとも喜んでその命令に従ってゆきます」

そこで、林立果が胡萍に第一の命令を伝えた。

——林彪に軍用機二機を準備すること、添乗員はすべて首長に忠誠する者に限る。

十時、林立果一行は空軍学院の秘密拠点に着いた。空軍司令部副参謀長の王飛もそこへかけつけて来た。

「王飛、情勢は非常に緊迫している。首長を倒そうとする連中がすでに動き出して、火薬の匂いもぷんぷんしてきた。そこで、われわれは今こそ行動に乗り出すべきなんだ」

林立果はそう告げると再び林彪の手令を全員に見せた。

「われわれは確固たる信念で林副主席をお守り致します」王飛も固く態度を示した。それを受けて林立果が具体的な命令を下すことにした。

「今、最も重要なのは首長を反対する連中を潰すことだ。あいつらは北京と南とに分かれてそれぞれ集っているが、その全員を同時に消滅しなければならない。南は江騰蛟が、北京は王飛が責任を持ってやって下さい。南の方は比較的簡単に片付けられると思うが、北京は釣魚台（国賓館。多くの中央指導者も住んでいる所）が問題だね。まぁ、難しくはないだろう。君は警備団を持っているでしょう。

軍用トラックで突撃して侵入すれば後は打つだけだ…」

十一時四十分。林立果、周宇馳が西部軍用空港に戻った。そこでは、江騰蛟と李律信が待っていた。

林立果はあの手令を又も出して彼らに見せた。

「真理を守るため、断固闘います!」と江騰蛟が誓った。

「緊急事態になった。上海から先に動き出すことを決定した。この任務は君に任せる。君の記号は〝歼7〟だ。上海は第一線であるから、兵力的にも物質的にも優先させよう」

林立果は任務を与えたのち具体的なやり方を三つ示した。

その1．火焔放射器と四口ロケットで毛沢東の乗っている専用列車に発砲して爆発させる。

その2．某軍団の特訓隊を派遣し、毛沢東を助ける名目で列車に近づき、高射砲100型がそれに続き、その列車に攻撃をかける。

その3．以上が失敗した場合は、王維国が上海で毛沢東の接見を機に暗殺計画を実行する。

九月九日、朝。

林立果、周宇馳が再び空軍学院に行き、そこで待っていた空軍指令部弁公室室長劉世英とその秘書の程洪珍に「手令」を見せ、行動計画を伝えた。

九日、十日の午後、クーデターの最終打ち合わせが行われた。毛沢東を謀殺する手立てを細かくチェックしたのち、その暗号も確定した。

――「王維国が重体」とは攻撃の開始を意味する。

「王維国が回復」とは攻撃の成功を意味する。

「王維国が危篤」とは全面失敗を意味する。

打ち合わせの終り、林立果は立ち上がって、全員に激励の言葉を述べた。

「諸君、戦う時が来た。皆で力を合わせて頑張ろう…成功すれば北京で十万人規模の歓迎パレードを拵える。そして君たちは国家の棟となり、功績のある者として重賞を受けることとなる…」

周宇馳も立ち上がって口をはさんだ。

「この任務が果たされれば副総理、あるいは政治局委員などの重要ポストは、全て立果同志が決定します。ですから今後のことはご安心下さい！」……。

林立果の気持ちはすでに中国を支配する立場に傾いていた。彼が曾て最大の尊敬を払ってきた父親はもはやただの老人、いつも静けさの中で考え込んで、何かを恐れる老人でしかなかった。あれほど輝かしい威名を持つ父親、敵の肝を冷やした将軍、あの千軍万馬を率いて戦場で血を浴びていた元師―林彪はもうすぐ「死」を迎え、ただ形骸を残すのみであると息子は思っていた。これからの時代は自分のものだと彼は確信した。なにしろ彼の若き体の中では元師と同じ血が奔流し、限りなく湧いているのはまぎれもないことであった。

恐れ知らずの彼は威力拡大というものは中国の歴史を編んだものでもあると考えたため「聯合艦隊」

の実際能力を高く評価した。しかし、その「聯合艦隊」が「江田島精神」を具備していないことや中国の歴史の流れがすでに林彪を呑み込み始めていたという重要なことについては彼は推測できなかった。

政治の表舞台に立つ者として未熟児とも言える彼は相手の計り知れない智謀をあまりに低いものと見誤った。

毛沢東—中国十億人民の心を一つにした魔力の持ち主。度重なる政治闘争の中、彼は終始勝券を握っていた。彼を超える者は唯一人として存在しなかったし、彼を超えようとした者も何人たりとも死の宣告を免れなかった…。そんな毛沢東の前に出ると林立果はたかが離乳したばかりの坊やにすぎなかった。

政治学者厳家其は《王朝循環原因論》の中で次のように書いている。

—文化大革命、その大災禍が中国人民を呼び覚ました。彼らは偉大な共和国の身体に封建王朝的なものがまだ多く残っていることにとうとう気付いた。そして、その覚めた目でもう一度共和国の歴史を見つめる時に彭徳怀や劉少奇などの革命先輩を打倒することは「錯誤路線を反対する」と言うより、数千年来の王朝政治における一つの現象にすぎないと言う方が正しいことであることが簡単に理解できた。統治層における終身制によって政治闘争は封建王朝的な形式を採らねばならなかった。個人崇拝は「個人の歴史上の作用」を強調するのではなく、いかなる王朝の権力強化のためにとられた手段であったにほかならない。林彪もその後の王洪文もともにその権力によって「王位」を攫う者としても戒められていた。

林立果は「王位継承者」である父親が「国王」である毛沢東より先に世を去るのではないかと判断し、「国王」暗殺という愚かな行動に乗り出したのだった。しかし、これも数千年続いた王朝政治にはよくありがちな現象の繰り返しでしかなかった。

九月九日、午後。

李文甫が五十七号別荘にやってきて張寧を尋ねた。

「衣服などほしいものがあれば言って下さいと葉局長がお聞きしています。局長が北京に電話する時、立果に伝えるとのことです。このところ専用機が毎日飛んでいますから……」

「立果からもそのようなお話をいただきましたが、その時も持って来る必要がないと申しあげました。今回も結構です」

李文甫がためらった顔で諫めた。

「葉局長のせっかくのご配慮ですから何着か持って来てもらってはいかがなものでしょう」

「本当に結構です。葉局長のご関心には大変感謝申しあげていますとお伝え下さい」

張寧は気持ちを変えなかった。

その夜、葉群は張寧、林立衡、張清霖を九十一号に呼んだ。

三人は葉群と共に映画《日出》を見ることとなった。

映画が終ると葉群は娘とその恋人を先に五十七号に帰らせた。彼女が心の内に大きな不安を抱いていることを張寧は察した。寝室に入った葉群はじっとしていられないぐらい、うろうろ歩きまわっていた。彼女は自分を落ち着かせるために張寧を話し相手として求めたようだった。

「ねぇ、張寧。虎は出発する前にあなたに何かを言いませんでした？」

「いいえ、何も言いませんでしたが…」

「本当？　私は彼の母親ですから信じて頂戴。彼は何か言ったでしょう。ねぇ、教えて、彼の考えを知りたいの…。男の子って親に言わなくても恋人には言うことがよくあるのよ。きっとあなたには何か言ったはずだわ…」

「本当に何も言っていませんでした」

「あなたたちが客間で三十分以上も一緒にいたのよ。何も言わないことはないでしょう」

「その時、彼が言ったのは体を大切にしなさいということと衣類を持って来ることだけでした」

…………

「あなたたちのことで胡敏は大変苦労をしましたよ。立果もあなたも決してその恩を忘れないでね」

「はい、忘れません」

「うちのような家庭にお嫁さんやお婿さんをむかえるのは大変なことですよ。林家に入りたがる若者は多いし、自分の子供をうちに送りたい部下も大勢いるわ。断るのに骨を折るほど。で、皆さんにはこう言っているの。子供のことですから、親としてはあまり口をはさみたくないとかね。結局、向こうは林家の敷居が高くて入れないと言うんですよ。そう言われても仕方がないわ。あなたも分かると思う。虎は自分で決めた人を選んだ。彼はあなたに惚れ込んだからあなたでないとダメなのよ…。ねぇ、きのうの午後、虎と二人っきりで話をしたでしょう。その時、虎が何を言っていたか教えて。私だって母親なんだから、あなたたちの幸せを心から祈ってるのよ…」

葉群の目が急に厳しくなり、弾を入れた銃のように張寧の顔を見つめた。

「局長、信じて下さい。虎は先ほど申しあげたこと以外に本当に何も言いませんでした」

張寧は虎のためにウソをついた。様々な形で編まれた愛という聖たるものの中では女性が男性を庇うこともその一つであろう。張寧もいつしか自分の中で林立果に対する気持ちが愛に向かっていたことは確かであった。

葉群の目の輝きはみるみる消え失せて、張りのない声で話を続けた。

「張寧、虎とはうまくいっているの？」

「はい…」

「はにかまないで言って頂だい。恐いことは一つもないのよ。虎にいじめられていない？」

「とんでもありません。彼はそんなことをする人ではないと思います」

「失礼なこともしていない？　もし虎に行き過ぎたところがあったら私に言うのよ。私があなたの味方をするからね」

「ありがとうございます。今のところはそういうことは全くありません。」

張寧は眠くなった。しかし、自分の姑にもなるこの「偉大な革命家」である女性の前では我慢をしなければならなかった。

一方、葉群は自分の昔話を語り出した。

「若い人っていいわね。恋愛も気ままにできるし、羨ましいわ。私の時代なんて思うように行動することはできなかったのよ。どこに行っても首長と私の後ろに警備員がついていて、とても辛かったものだわ。でも、たまには二人でうまく隠れたりして、彼らを困らせたの。彼らは私たちを呼ぶことも探すこともできないから、イライラしていたでしょうね。私と首長はそんな風に恋愛し結婚したの。今、思えばあれは子供の鬼ごっこみたいなものだったわ」

葉群は思わず笑い出した。

張寧はその愉快な笑い声に眠気も少し覚めた。当時、紅軍将軍の中で最も名望の高かった林彪の前ではこの女性の艶やかさはどんなものだっただろうと彼女は想像に走った。

「首長は私より年上だから、きっと優しくしてくれると思ったけど、全然、豆々がお腹の中にいた頃のことだけど、一度くらい甘えさせてもらおうと思って会議から帰って来た彼にのどが渇いたと言ったの。そしたら彼は何を言ったと思う。お茶でも入れて飲みなさいって、そして木偶の坊やみたいに考え込んでいたの。つまり、こっちの気持ちなんて全く無視したってわけ…。首長は私のことなんか全く構ってくれなかったわ。今の虎はあなたが来たらお菓子をすすめたり食事の時にはお料理を取ってあげたりして本当に優しいわね。母親の私にさえそんなことをしてくれなかったのに。あなたって幸せ者だわ…。私の結婚当時ね。首長の多忙さと冷たさに耐えられなくて何度も一人で泣いたわ。でも、そのうち、慣れもあって諦めたの。首長はいつも会議で休める日もあまりなかったし、特にここ数年、軍内のことだけではなく、毛主席の補佐として党と国家を担っている重大な役割も任されているでしょう。だから、私の方は首長の面倒を見るけれど逆に面倒を見てもらうことは絶対にないわ。そういう面でも、私が犠牲にしたものは数限りなかったわ。そうね…ずっと、たくさんのものを失ったような気がするの…。私って名のない英雄だと言えるかもしれない。」

葉群は深いため息をついた。

「将来、あなたも私と同じような生活を送ることになるかもしれないわ。それまでにある程度の覚悟をしていれば苦しまずに済むでしょう。虎も仕事が忙しい上、よく地方に出張するから、淋しくなることもよくあるわ。普通の人ならあっちこっち遊びに行けるけれど私たちのような人は無理ですね。だから本を読んだり映画を見たりして暇をつぶすのよ。これは偉ぶってのことじゃなくて、安全と世論を配慮してのことなのよ。今のあなたはまだ分からないでしょうが、今は分からなくてもいいの。そのうち分かることとよ。というのも党内部も党外部もそして上層部もその下も皆複雑なんだから、すべてに気をつかわなければならないの。ちょっとでも油断をして欠伸の一つでもしたら、そこから魚の骨一本を見つけることができる人っていくらでもいるのよ…。絶対に慎重さを忘れないこと…。まぁ何かあった時や分からないことがあれば私のところに来て。それから虎に不満のようなものを持たないことも心がけてほしい。あっ、一つ聞き忘れた。お父さんの写真を持ってる？」

「兄と警備員と一緒に写った父の写真を一枚持っていますが」

「見せてちょうだい」

張寧はサイフの中から写真を出した。

「どうぞ」

葉群はその写真を手に取ってしばらく見た後、ベッドの所に設置してある呼び鈴を押して職員を呼びつけた。

「この写真を明日、いや今北京に持って行って拡大しなさい」

「はい、かしこまりました」職員は受け取って去っていった。

葉群は再び話に戻った。

「あなたもこれからは家に帰る機会が少なくなるわ。家族のことが恋しくなったら写真を見てそれで我慢しなくてはね…。あ、着替えが足りないみたいね。虎が持って来てくれるでしょう」

「大丈夫です。充分ですので虎にも持って来なくていいと申しました」

「そう。それならいい。ところでここのところ豆々に会っています？」

「あまりお会いしていません。お体の具合がよくないんだそうです。それでほとんど外にも出られていないみたい………」

「なるほど、豆々は今張清霖とラブラブしているから、じゃましない方がいいわね」

……こうして、完全にひねられなかった蛇口からしずくがしたたり落ちて来るように葉群の話は夜中の三時まで続いた。二時頃に職員が夜食を持って来た。デザートは大きな桃だった。葉群はおいしそうに食べたが、張寧はすすめられたが口にしなかった。

葉群はとうとう喋りを終わらせようとして呼び鈴を押した。まもなく二人のマッサージ師が入ってきた。彼らは上半身と下半身に分けてそれぞれ葉群の体を揉み始めた。その手付きはまるで豆腐を揉んでいるかのように丁寧であった。葉群は目を閉じて時には気持ちよさそうに鼻から息を出していた。三十分が経過した。張寧は立ったまま待っていた。葉群に帰っていいよと言われない限り、帰れない彼女であった。

ようやく葉群の目があいた。どうやら張寧のことを思い出したようだった。

「待たせてしまったね。張寧。あなたもしてもらうといいわ。気持ちいいよ」

「ありがとうございます。でも遠慮させていただきます」

「そう、なら私はそろそろ休むからあなたも帰って休んでちょうだい」

葉群が起き上がって張寧のほっぺにキスをした。

「これから、私のことお母さんと呼んでね」

張寧の心はたちまち熱くなり感激のあまりに返す言葉さえ見つけられなかった。

張寧は九十一号をあとにした。静かな真夜中、空気が生れ変ってゆく真最中だった。松林に隠れている様々な昆虫や小鳥たちは新しい朝を迎える準備をするかのように鳴き交して、時には合唱、時には楽器を独奏するようにバランスよく夜空に優しい大自然の音楽をひびかせていた。彼女は胸いっぱいに深呼吸をして詩と愛情を満喫しながら五十七号に戻った。

九月十日、午後。

林立衡と張清霖は張寧をドライブに誘った。三人は軍用ジープに乗って、三十分もしないうちに山海関城門に着き城楼に登った。

林立衡が張寧に話しをかけた。

「ね、ここは初めてですか?」

「はい、初めてです」

「じゃ、聞いたことはありますか」

「はい、あります。〝天下第一関〟とか…」

「いつ構築されたかご存知?」

「知りませんが…」

林立衡は張清霖に向かって「あなたは知っていますか?」と同じ質問をした。

「秦の始皇帝の時代でしょうか……」

林立衡は長龍のように延びている城壁を眺めながら説明を始めた。

「山海関は、従来兵家による争奪戦の名所として有名です。関城として建てられたのは明洪武十四年、つまり紀元前一三八一年。城壁の高さは十四メートル、厚さは七メートル、東西南北に分けて四つの城門が設けられています。それぞれの名前は『鎮東』『迎思』『壁洋』『城遠』といいます。『天下第一関』という五つの文字は明の時代の大書道家である肖昱氏が書かれたそうです。一文字の高さは一・六メートルもあります。明の末期、李自成の率いた農民軍が北京を攻略してから山海関を守っていた将領呉三桂氏が城門を開き、清の兵隊を入れたため、明朝の滅亡を招いたのです。清の時代はそこから始まりました」

山海関内、目を放つと万里の長城は水の中を泳ぐ巨龍のように限りなく伸び、そして海辺に毅然と消えてゆく、あたかも年月と大波が無情に呑み込んでゆく悲劇のように…。

沈黙が続いたが三人はしばらくそれを保った。

水平線を眺望する林立衡の視線が張寧の目をも誘った。遠く見晴らかすと海は空とつながり、どちらも透き通った紺碧に染まり、その上を綿のような薄雲がたなびいていた。張寧のこころに穏やかなひと時が訪れた。

一方、林立衡の目は深いものをためていた。まるで水平線の上には「刀光剣影」（光っている戦刀に血の跡）が映しだされ、中華民族五千年たる悠久な歴史の再現を見るかのようだった。

「あぁ、歴史、まさに《三国誌》の開篇に書かれた八つの文字、そのものだわ。「分久必合、合久必分」（分かれて久しくなれば必ず合一し、合一久しくなれば必ず又分かれる）天下太平は難しき、歴代にわたる統治階級の内部では安定というものが見られなかったと言っていい、殺されなければ殺していく……。今日になっても政局は恐らくその八つの文字から抜け出していない………。」

林立衡は長い溜め息をついた。彼女の心に何か重々しいものがあるのを張寧は感じた。林立果からあの話を聞き、葉群の心そこにあらずといった様子も見たとはいえ、彼女の中では揺るぎない信念があった。それは、中国、この最も膨大な国では毛主席と林副主席に反対することは絶対に許されないのだという信念であった。

林立衡の傍らに立つ張清霖はじっと彼女の話を聞いて物思いに沈んでいた。

にわかに林立衡は我にかえったように明るく言った。

「ごめんね。楽しんで来たのにこんな話をしてしまって…。文学専攻で少し感傷的になりやすいのね。

私って……。さぁ、帰りましょうか」

三人は城楼を降りて近くにある中央首長専用の葡萄園に入った。そこで栽培されていたのは「馬奶子」という種の葡萄で消化や咳痰の解消に大変効果があるという。三人は思う存分食べたのちジープに乗り、泰皇島へ向かった。

海員クラブに、友誼商店に…三人の行く先々では一般人の立ち入りが禁止されていて、気ままに遊ぶ三人を距離を置いて警備員たちが見守っていた。

「ねぇ、ここで首長と局長にお土産を買ってあげましょうか。張寧、あなたは局長に、私と張清霖は首長に、今から選びましょう」

張寧はうなずいた。

林立衡は一目でおもちゃのロボット兵士が気に入った。ヘルメットをかぶって銃を担っている「彼」にスイッチを入れると本物の軍人のように多様な動きを見せてくれるのだった。

「首長はきっとよろこんでくれるわ」。林立衡がうれしそうに張清霖に言った。そして、張寧の方へ走っていった。

「張寧、決まった？」

「まだですけれども……」

「ゆっくり考えていいわ。私たちももう少しうろうろしたいから…」

彼女はそう言うと張清霖の元に戻った。

張寧は迷った。葉群に何を買ったらよいか全く見当もつかなかった。しかし、何かを買わなければ、と思っていると気持ちは焦った…。結局、可愛い小鳥に目をつけた。南アフリカの黄色い小鳥は口先と爪が真っ赤で、その精彩な仕上げも本物にそっくりだった。

その日、夕食後。

葉群は三人を九十一号に招いた。

「どう、楽しく遊んで来た？」

葉群の尋ねに豆々が答えた。

「はい、大変楽しかったわ。秦皇島の友誼商店で私たち首長と局長にお土産を買ってきました。張寧は局長に〝小鳥〟を買ったみたいよ」

張寧はお土産を出して葉群に渡した。

「わぁ、きれいな小鳥ですこと。可愛いわ。毛家湾に戻ったら寝室の花棚に置きましょう」

葉群が嬉しそうに言うと今度は豆々が父親へのお土産を出して母親に見せた。

「あ、これもいいわね。そうだ、あなたと清霖が買って来たんだから、今から首長のところに連れて行ってあげるわ」

四人が林彪の部屋を尋ねた。林彪は相変わらずいつもの姿勢でじっと座っていた。

「首長、子供たちがお土産を買って来てくれたわよ」

「そうか、そりゃいいね……」

「ほら、ごらん下さい。これは張寧が私に…可愛いでしょう。それから、豆々と張清霖が首長におもしろいものを買ったのよ。さぁ、豆々出してちょうだい」

林立衡がロボット戦士を出してスイッチを入れた。おもちゃ兵士が絨毯の上で動き始めた。軍礼—銃を出す—射撃—伏せる—立つ—銃を収める—軍礼。

林彪は目を細めて、真剣に見ていた。ロボットが止まると豆々はそれを取り、父親に手渡した。林彪が再びスイッチを入れて、その〝演技〟を鑑賞しながら心楽しく笑っていた。

張寧は初めて林彪の笑顔を見た。その笑顔はこれまでの林彪に対するイメージを一掃してしまって晴れやかな明るさが印象に残った。

「これはうまいこと出来てるな…面白い、面白い…」と林彪は何度もほめた。

それを見た葉群はすぐ様、李文甫を呼び入れた。

「李さん、首長のご機嫌がこんなによろしいのは久しぶりでしょう。せっかくのチャンスだから写真を取って頂だい…」

林彪の反応を待たずに葉群があれこれ「監督」し始めた。まず、夫に公式な場で使う軍帽子をかぶせて襟元や袖元なども整えた。

林彪と葉群で一枚。

そして、林彪、葉群、林立衡、張清霖で一枚。

林彪、葉群、張寧で一枚。

最後に全員で一枚……。葉群は終始喜びに顔を綻ばせていた。

張寧は林立果がいないことを心の中で残念に思った。

「すぐに現像してちょうだい。焼き増しもたくさんね」と葉群は興奮した口調で李に指示した。

しかし、その写真は林彪と葉群の最後の写真となり、その〝円満家族〟の最後の写真でもあったことは誰もが想像していなかった。

5

これまで、世間に公表されたすべての資料には、林彪自身があの二、三日に何をしていたかは報じることなく不明のままだった。

一方、写真ではあふれんばかりの笑みを浮かべていた葉群の行動は明らかにされていた。

九月七日、午前九時五十分。

葉群は毛家湾で留守番をしていた秘書に電話するように指示を出した。

――《ソ漢辞典》と《英漢辞典》及びロシア語会話と英会話の本を林立衡に渡して、北戴河まで持って来るとのことだった。

夜、九時三十分。アメリカ映画を鑑賞することになっていた葉群は突然それをやめて、総参謀部の高級参謀倪氏を呼んで世界地図を開いた。

「ね、モンゴルには大都市と言えるところはいくつあるかしら」

「ウランバートル、サインシャンド、コブドなどがあげられますが」

「それらの都市は北戴河より大きい？　それとも小さい？」

「そうですね。北戴河ぐらいのところもありますが、大体、我国の中、小都市並ですね。建物なども我国の建設によるものが多いそうです」

「それでは、ソ連軍の基地配置はどうなっているのかしら。それから、中ソ、中モの国境にいるソ連軍の軍備量と戦員数はどの程度のものですか？」

「………」参謀官は丁寧に細かく答えた。

九月九日、午前十一時三十分。

林彪事務局の秘書が党中央の重要回覧文件を携えて葉群のオフィスに入り、定例の報告会を行った。

第四回全人代（国会）の準備進行状況及び党中央の討論文献についての報告を受けると葉群は言った。

「第四回全人代は間もなく開幕か、はやいものね……。そうそう、首長がそこで演説することになっているわ。その中では、中米関係についての話もあるようだから、中米間の関係回復におけるこれまでの経緯、そして、それについての全資料、例えばアメリカ卓球チームの招請試合、その具体的なやりとり、それから中米問題を中心にした党中央工作会議の文献と簡報、周恩来首相とキッシンジャー会談の内容報告、及び外交部（外務省）がその期間中にまとめた関係書類を持って来て…」

秘書は葉群の指示をメモしてから再び報告を続けた。

「………〝副軍〟（軍内級別ランクの一つ）以上の幹部については十四人の任命及び免職が内定され、毛主席と周首理はすでにサインを……」それを聞くと葉群は警備秘書を呼んだ。

「君、今すぐ毛家湾に電話して、〝副軍〟以上の幹部名簿を送るように伝えなさい。副軍以上となると結構な人数になるわ。それをいちいち覚えられない。だから会議期間中、名簿が必要だわ。もう一つ、軍の編制や配置状況の登記簿も持って来なさい。首長が大連に行くときに飛行機の中ででも戦略の研究をするでしょうから…」

九月十二日、午前（九・一三事件の前日）。

葉群は北京にいる林立果と電話で話をしたあと、オフィスに戻り、職員孫氏を呼んで文献や資料の整理を命じた。

「この中から、毛主席と江青が首長と私に指示したものの記録とその証拠になる書類をすべてピックアップするのよ」

午後、葉群は毛家湾に電話で指令を出した。――専用機で冬用衣類を直ちに届けるとのことだった…。

他方、同じ写真では憔悴し切った表情で目には複雑な表情をたたえた林立衡はその時点ですでに家族の反逆者となっていた。

時は九月七日に遡ってその日の午後のことだった。

虎に呼ばれて林立衡が弟を尋ねた。

幼い頃から心を許し、深く信頼していた姉に虎は政権を奪い取ることや広洲で「另立中央」(別政府をつくること)しようとしていることを興奮をおさえ切れぬように打ち明けた。

全く思いもかけないその話は林立衡に強烈なショックを与えた。驚愕、茫然、苦痛、それら凶暴な拳は彼女の霊魂を激しく打ちのめした。その魂は砕かれた自己をゆらゆらと支えて、頭脳の動きを無理に叩き起こした。

海よりも深い弟の信頼に裏切りという刃で刺せるのか。

同じ血が流れている肉親を破滅に追い込めるのか。

党に誠を尽くすか、家族を大事にするか、選択は一つしかなかった。

林立衡は全身の細胞を使い尽くして考えあぐね、迷いつつも考えた。

「天大地大不如党的恩情大、爹親娘親不如毛主席親」

(天と地の大きさは党の恩の大きさに及ばず、父母との親子愛も毛主席への愛に及ばない)「死有重于泰山、有軽于鴻毛」（毛沢東語録）つまり、党と革命のために死ねば、それは泰山より重い栄光であり、党に不忠で死ぬならば羽毛より軽い恥であるという。林立衡の受けた教育も彼女を育てた環境も「赤い色」一色に染められていた。

彼女はとうとう決断をした。

林立衡は周恩来首相宅のダイヤルをまわした……。

そして、事件発生まで彼女は頻繁に周恩来首相と連絡を取った。その前夜にかけた電話は「葉群と林立果が林彪副主席をどこかに連行するようだ、党中央の対応をお願いします」との内容だった。クーデター成功の可能性はこうして消え去ったのであった。

九月十一日、張寧は早起きして、海辺に行き、日の出を見ながら朝の散歩を楽しんだ。五十七号に戻ると朝食を一緒にとの林立衡の誘いで東館へ向かったが、廊下で空軍警備部二処の楊森処長に遮られた。林立衡の安全を守る責任者である彼は張寧に次のように告げた。「今日から、林立衡はいかなる人とも面会なさいません。食事はすべて職員が部屋まで運ぶことになっています…」

一方、北京では、林立果が火のついたように焦っていた。

電話が鳴った。上海にいる王維国からだった。「列車は上海で一日止まったが只今その列車は上海を立ったようだ……」

その頃、毛沢東主席の乗る特急列車は確かに北京に向かって疾駆し、一直線で北京近郊の豊台駅に到着した。駅で専用列車は二時間の臨時停車をして、その間、毛主席は北京軍区及び北京市政府の主な責任者を招いて談話を行った…。

毛沢東主席が中国の心臓部とも言える中南海に着いた頃、北京はすでに薄暮れに包まれていた。

夜のとばりが故宮を北海を景山を昆明湖をそして首都全体を覆っていった。林立果の心血を注いだ「計画」もその夜の訪れと共にむなしい夢となりつつあった。

毛主席を暗殺する計画は失敗した。「九雷轟頂」（頭のてっぺんで九つもの雷がとどろく）のごとく林立果は慌てた。煌々と輝く北京では林彪の名がもうすぐ消されてしまうと思うと彼は最後の賭けに出た。

「連合艦隊」の要員たちが空軍学院に集まってきた。林立果の召集した緊急ミーティングが開かれた。実力の欠如を思い知らされた彼はもはや「五七一工程紀要」への興味を失った。今となっては南に逃げる計画の実施を速めなければ…。背水の陣を敷いて戦うしか道はなかった。彼は中国歴史上において今更ながら南北を分拠しようとしていた。これを実現しうる唯一の柱は父親の持つ「林副主席」その名のみであった。

しかし、林彪はまだ北戴河にいた。一刻も早く父親に会わなければ…。林立果は焦った。

「緊急事態となったから、ぼくはすぐに北戴河に行く。これからのことは宇馳君に伝えてもらうよ…」

彼はそう言ってすばやく部屋を去った。

林立果に代わって周宇馳が南逃計画の実施措置を述べた。

「毛主席が戻ったので間もなく三中全会（共産党代表大会第三次会議）が開かれる。われわれは今行動しなければ、会議中にでも全滅になる…ですから、林副主席が速刻に広洲への移動を決定した。このため、軍委（中央軍事委員会）の黄永勝、呉法寛、李作鵬、邱会作も明日広洲に行くことになっている。首長たちの安全を絶対に保障しなければならない。空軍基地の飛行機の用意は万全に整えた。……広洲に着くと首長が師級以上の軍幹部緊急会議を開いて、別政府の成立を宣言する。つまり、中国を南北対立の二つの国にする……。又、国際社会からの賛同の獲得も必要である。その第一歩として、まず、ソ連と外交関係を樹立する。林副主席はソ連においても名望が高いから、きっと大歓迎を受けるでしょう。それから、もし武力解決という方法を取る時には、ソ連軍と連合して「南北夾撃」（ソ連が北から、林立果が南から北京をはさみ撃ちすること）で北京を片付けよう……　最後ですが、行動スケジュールの確認を行おう。

明日、九月十三日。

AM6：00　江騰胶、王飛、于新野が西郊空港に着く。

7：00　周宇馳が部下とその家族を広洲へ送る。

8：00　首長（林彪）が北戴河から直接広洲へ向かう。飛行機は広洲の沙堤空港に着陸……。

江騰胶が責任者として全員の無事を保障する……。

それでは、各自その能力を尽くして直ちに準備してください。」

空軍学院を出た「要員」たちは武器、物質、機密文書、及び大量の外貨などを獲得するため、北京の街を走りまわった。そして、それらを積み込んだ軍用トラックも慌ただしく西郊空港を往復した。

全員が準備を終えた。林立果と劉沛豊たちが毛家湾から取った荷物を携行して、西郊空港にやってきた。彼らは速やかに三叉戟二五六号機に乗り込んだ。昇っていく飛行機の中、林立果は北京のまちを俯瞰した。街に点々と輝く光りが北京の夜を華やかに彩どっていた。

「あぁ、北京、しばらくお別れをするよ…」と彼は恋しそうにつぶやいた……。

九月十二日、夜（事件前夜）。

張寧は一人でベランダに坐っていた。松林が夜風にゆられる度、葉の触れあう音と海の波声とがリズミカルに組み合わされ、北戴河の夜に一層くつろぎを添えていた。静かな夜景を楽しんでいた張寧の視界に眩しいライトの光が入った。猛スピードで走って来た軍ジープのライトだった。五十七号の前を通ったときジープはスピードを落としたように見えた。車内にいる一人が張寧に目をはしらせて、再びスピードをあげて九十一号へ向かった。「虎かしら」張寧は直感した。

しばらくすると、張寧は林立衡や張清霖と共に葉群に呼ばれて、九十一号で映画を見ることとなった。香港のコメディー映画《假少年》（にせ坊ちゃん）と《甜々蜜々》（甘ったるい）が上映された。一緒に見たのは秘書たちと内務に携わる人たちで、そこには映画好きな葉群の姿は見えなかった。上映の途中葉群が現われたので全員が立ち上がった。映写技師も葉群が映画を見に来たと思ってフィルムを巻き戻そうとした。しかし葉群は皆に「座って、座って、今日はちょっと用事があるから見れないけれど、皆さんはそのまま楽しんで下さい」といって林彪のいる東館に急いで入っていった。彼女は又もグレーのパンツスーツを着て同じ色の人民帽子をかぶっていた。公務に出るような装いだった。

張寧は最前席に座っていた。林立衡と張清霖は二列目に、あとの人たちはそのうしろの席に着いていた。映画の後半、あまりにも面白いシーンが続いていたので張寧は思わず声を出して笑ってしまった。その笑いは彼女に隔世したような感をもたらしたが、それは、周囲の無反応さによるものだった、彼女はうしろに振り向いた、すべての人はいつの間にか、魔法のように消えて、映写技師さえいなくなっていた。残されたのは自動的にまわっている機械と張寧だけだった。

張寧は座っていられなくなった。どうすればよいか分からない上、勝手に行動することもできないと彼女は惑った……。しかし、じっとそのまま座っているわけにもいかないのでとにかく席を立つことにした。スクリーンの反射光の助けを借りて、部屋の左側にある小さなドアを見付け出した。彼女は壁によりかかってゆっくりそのドアまで歩いた、ドアの外は中庭だった。

張寧は外に出た。まわりはクヌギの樹々で囲まれ、真ん中はセメントをひいた小さいな広場があった。そこに何人かの影が見えた。あたりはただならぬ雰囲気が漂っていた。彼女は無意識のうちに傍の樹陰に身を隠した。

「首長が何を言っているかを聞くのよ。はやく行って……」

その声は林立衡のものであった。張寧は驚いた、一体何が……。

「ぼく……ぼくは恐いから、張に行かして下さい……」

「ぼくにもそんな勇気はないよ、やっぱりあなたが行くべき……」

内務の陳と張が口実をみつけて何かを断り合っているようだった。

又も林立衡のせっぱくした声。「陳、ぐずぐずしている場合じゃないでしょう。速く行きなさい！」

「万が一のことがあったら、ぼくを味方にしてくれるね……局長（葉群）に怒られるとぼくはどうなるか……」

陳の声は怯えてわなわな震えていた。

「分かったわ、分かったから、とにかく早く行ってちょうだい！」

林立衡が陳をうしろから押して急がした。

陳は一息飲んで決死の隊員になったような顔で東館に入っていった。

彼の足音が消えると庭は死んだようにしんとなった。わずか数分間が数日間もの長さに感じられた。

聞くべきではない、いいえ、聞いてはいけないことを聞いてしまった、張寧は身動きがとれず全身に恐怖感が広がっていた……。

やがて陳が戻って来た。

「ぼくは首長の部屋にお茶を持って入った…首長はソファに座って…お顔に…お顔に、な、なみだを流しておられました…。局長と立果さまが首長の傍に座って何かを懸命に言っているようでした。声が、と、とても小さいから、ぼ、ぼくには聞こえませんでした。だけど、だけど一言だけ首長がおっしゃったのが聞こえた……」

陳は額の汗を拭きながら息をはずませて言った。気が苛立っている林立衡はいつもの淑やかさをなくし、粗野な口調で陳に迫った。

「はやく言いなさい！　首長は何を言ったの？」

「首長はこう言いました。〝私は死に至るまで民主主義者だ……〟」

（その後、前述したように、林立衡は周恩来総理に電話をした。父親を救いたかったようだが……）

6

中国、五千年にも及ぶ歴史の中、天下平安をなしたあまたの将軍がいた。その歴代将軍の生涯を概観すると余生における最も明智に富んだ選択とはこう言われていた。——「剣入刀鞘。馬放南山。不

擁一兵一卒」（剣を鞘にしまって、軍馬を山に返し、兵隊一人も擁せず。ここでは完全な引退を示す）

しかし、中国共産党の革命先駆者たちはそうしょうとしなかった。

《長征、前代未聞の物語》の中では、中国人民の解放に尽くして来た将軍彭徳懐氏のことも書かれた。

「一九五九年、芦山会議後、彭は中南海から追い出され、北京郊外の小屋へ移された…。文化大革命の開始に伴って彭は逮捕され、投獄生活を送っていた。彼は自分の経歴や思想などを幾度もなく書くように強いられ、真実を誠実に書けば釈放されると信じていた。が、事実はそうではなかった。彭は度重なる取り調べの中、殴る蹴るの乱暴を受け、肺は破裂、肋骨も折れた。そして、見せしめに街中を引き回されたことは十数回にも及んだ。このような残酷な目に会わされ始めた時、彼はすでに六十八歳だった。その災難は七十六歳で死を迎えるまで終わることはなかった、百三十回目の取り調べ中、彼はとうとう起き上がれなくなった。彼は実に鉄の意思を持った不屈の男であった。」

建国以来、林彪は長期にわたって療養のため休暇を取っていた。それは「外而安、内則危」（内部にいるより外部にいる方がより安全）ということの真の意味を熟知していた証拠かもしれなかった。封建専制のこの国では「一人之上、万人之下」という地位に立つことは薄氷の上に立つことと同じくらいの危険であるからだった。

国家主席だった劉少奇氏の最期も同書に書かれた。

「一九六九年十月、重い病を患らっている劉が飛行機で河南省の開封市に護送され、いかめしく警備された監獄に入れられた。彼の牢屋は湿った暗い地下室だった。肺炎による高熱で意識不明の状態が続いた彼は一ヶ月後この世を去った。劉の遺体はセメントの地面に横たわって、数ヶ月も洗っていなかった髪の毛は三十cmほど伸びていた。顔の形も変り、口元からは血が流れていた。獄卒たちは劉について「重犯」（重要犯人）○○番とだけ教えられていたため文化大革命が終わるまで彼が国家主席劉少奇であることを知らなかった……。」

林彪はそのような処境に陥るのをずっと恐れていた。彼は自己防衛のために自分の豊富な智知のすべてを一人の為に使い果たした。つまり、毛沢東の為に全生涯を傾けてきたのだった。

毛沢東は個人崇拝を好んだ。

天安門城楼で熱き涙をこぼしながら叩き腫れた手で拍手を続け、喉が枯れても大声で「毛主席万歳」と叫び止まない数万人の紅衛兵を俯瞰していた毛沢東に友人であるアメリカ人ジャーナリストのスノーがそれは「個人崇拝」であると指摘した。これに対して毛沢東は問い返した。

「君は、自分の作品をより多くの人に読んでほしいと思わないだろうか。作家は他人からの崇拝が必要だが、一国の指導者も同じように国民からの崇拝が必要だ」

林彪はまさにそのような崇拝者の先導をつとめ、毛沢東を賛美する演説を次々と発表した。その代表作として次のようなものがあった。

「毛主席の経験して来た事というのはマルクスやレーニンをはるかに凌いでいる。勿論、彼らは偉大な人物でした。彼らは予見性を持った人物で人類社会の発展をも予見した。しかし、六十四歳で逝去したマルクスは毛主席のように自らプロレタリアート革命を徹底的に指導することができなかった。毛主席は戦闘の前線に臨んで、いくつもの重大戦役を指揮した。レーニンの生涯も五十四年と短く、十月革命で勝利して六年足らず彼は亡くなった。もちろん彼も毛主席のようには長期にわたる複雑かつ激しい革命闘争を経験できなかった。

………。

中国の人口は東ドイツの十倍、ソ連の三倍である。革命経験を比べれば毛主席を超える人など一人もいなかった。毛主席は全世界でも最も名声の高い指導者であって卓越した偉大な人物である。毛主席の言論、文章、及び革命実践を見ても彼がプロレタリアートの天才であることが表われている。「天才」を認めない人もいるようだがそれは、マルクス主義ではない……。

われわれは現在、毛主席を擁護し、百年経ったのちも毛主席を擁護し続ける。

毛沢東思想が永遠に伝わってゆくものと信じている。毛沢東思想こそ真のマルクス、レーニン主義であり、全労働人民の団結と革命の思想基礎である。又毛沢東思想は「人類の灯」として世界革命の最も鋭い武器でもあるのだ。そして、人民の思想状態と祖国の様相を変えることができたのも、中国人民を廃虚から立ち上がらせたのも毛沢東思想があるからこそだ。毛主席は九十歳になっても百歳になっても我が党と人民の最高指導者である……。解放軍では、毛主席の著作を全軍幹部、戦士たちのテキストとして勉強させている。これは私の発想ではなく…ただ必ずそうしなければならないのだ。毛沢東思想で全党の思想を統一すればどんな難題でも解決できる。毛主席のご指示はすべて真理であり、その一言はわれわれの万言を超えるものである。私自身も、もっと毛主席の著作を読まないといけない…」

林彪は現代迷信の発明者ではなかったが、現代迷信をこの国でヒマラヤ連峰のように高くしたのは実に彼であった。

一九六六年、毛主席が「千万不要忘記階級闘争」（階級闘争を決して忘れてはいけない）という大号令を出した。同年七月、夫人の江青にあてた手紙でもそのことに触れた。

「天下大乱で天下大治に至る。七、八年に一回、牛鬼蛇神（様々な悪人の例え）が必ず出て来る…、修正主義がわれわれを覆うとしている。よって闘争は常におこされねばならぬ……」

ここで、林彪は又も演説を発表した。

「毛主席はここ数年、特に今年では、修正主義の防止問題を指摘している。党内、党外各戦線、各地区、上層部問わずに修正主義の現われる可能性がある。私の見解するところでは、それが主に指導機関から出現しやすいからである。最近、毛主席は反革命クーデターの防止に特別気を払って様々な措置を取っている…。これは厳重かつ深刻な問題である。世界的に見てもクーデターは少なくない。古いところは言わず、一九六〇年よりこちらだけでも各国で発生したクーデターの数は六十をこえている。しかもこれは不完全統計だ。そのうち成功したものは五十六件、国家首相が殺害されたものは八件にものぼる…。我国の歴史を遡って見れば政権樹立後十年二十年、三十年というごく短い間でも頻繁に起されてきた…。ですから、われわれは資本主義の復僻に対して厳重な注意を払わなければならない。

階級闘争を片時も忘れてはいけない！

プロレタリアート階級の独裁を片時も忘れてはいけない！

政治を際立たせることを片時も忘れてはいけない！

毛沢東思想という偉大な赤旗を高く掲げることを更に片時も忘れてはいけない！」

中国共産党の歴史において「路線闘争」を発動したのは林彪ではなかった。しかしながら「路線闘争」を嵐のように巻き起こしたのは他でもない林彪、その人であった。

林彪は毛沢東の心のうちを推し量ることに長けており、毛沢東の嗜好に常々迎合してきた。これは、林彪の権力拡大に欠かせないことであって「一人之下、万人之上」という地位を安全に保つためでもあった。

さりとて「毛沢東の親密戦友」と言われていた林彪の内心は当初より毛主席のことを親しく思うことがなかった。彼は毛沢東との間に終始ある程度の距離を置いていた。それは「毛沢東の寵児」であった彼が誰よりも毛沢東を知っていたからだった。

もしも、林彪が彭徳懐の失脚による政権の空白を埋めるものとして毛沢東に選ばれなければ…もしも、劉少奇の打倒で最高権力層の欠陥を補う役として再び毛沢東に抜擢されなければ……、一九七一年九月十二日深夜に彼の老いた顔から涙を流すことはなかったのかもしれない、何もかもが運命づけられたかのようであった。

林彪の帰宿ともなったあの最後の夜。彼の涙が何を物語っただろう、悟りなのか、それとも何かに対する覚醒なのか、いずれにせよ、すべてが挽回される余地はなかった。

この国、この軍隊、この党に、林彪は命がけで尽くしてきたが、この功績を抹消したのはある意味において彼自身であったのではなかろうか。

曾て一世を震撼した将軍は消されなければならなかった。

死、それは林彪にとっては最もいい結果だったのかもしれない。

……………。

「はやく戻って、はやく！」

あの小さいドアの中から催促する小声が聞こえて来た。いくつもの人影が一斉にせかせかと放映ルームに戻った。張寧もまた足音をしのばせて自分の席に着いた。わずか何秒間、皆が映画に見とれているふうを装った。その時、東館から、葉群と林立果が急ぎ足で出て来た。「やめて、やめて！」と言いながら電気をつけた。葉群は上着を手に持って、林立果は軍帽を脱いで、えりボタンも開けたままだった。二人の顔はどちらも汗ばんでいた。

映画を見ていた全員が直ちに起立して、葉群の指示を待っていた。葉群はいつもと変らない口調で口を開いた。

「今日、豆々と張清霖は婚約しました。虎はわざわざ北京からお祝いにかけつけて来ました。プレゼントも持って来たのよ。豆々、清霖それから張寧、さぁ、いらっしゃい」と、言って彼女たちを自分のオフィスに誘った。

林立果は入ってきた姉に「英雄」というブランドの純金の万年筆二つと花束を出して言った。「北京から持ってきたんだ。どうぞ」

林立衡は受けようとはしなかったため、張清霖が代わりに受け取った

「ありがとう……」

張寧は心の中で何かひっかかった。虎の表情はこれまでとは全く違っていた。まるでお姉さんに送ったのは花束ではなく、爆弾であるかのようだった。彼の視線は冷たく光る刀のように林立衡に注がれていた。張寧はあとになって知ったが、その日、林立果は姉が党中央の「スパイ」となったことを察知したのだった。又、周恩来首相が全国の空港を封鎖せよとの緊急命令を出したことも山海関空港にいる空軍第34師師長から報告された。林立果は姉が災いを招くものと見ざるを得なかった。

葉群は子供たちに指示した。

「首長は明日大連にいく予定でしたが急用で今から出発することになりました。ですから、あなたたちもすぐに出発の準備をしてちょうだい！」

「張寧はどうするの？」林立衡が聞いた。

「あぁ、張寧も一緒に連れて行くわ。さぁ、早く用意して……」

葉群は張寧に向かって言った。傍にいる林立果は張寧に何か言いかけたが後ろで張寧を待っている姉を見て言葉を飲み込んだようだった。

三人は九十一号を離れた。五十七号に戻り自分の部屋に入った張寧は、当番の王看護婦に言った。

「すぐに出ることになったわ」

「えっ！　明日と伺いましたが」王はびっくりして聞いた。

「そう。そのはずだったけど、さっき葉局長に言われたの。急いでいるようだから荷物の整理を手伝ってもらえる？」

「はい……」

時計の針は十三日の零時をまわった。準備を整えた張寧は林立衡と一緒に出ようと彼女を尋ねた。リビングに入るとそこには一人の看護婦がいただけだった、開いているドアの向こうの寝室を見るとすべていつも通りで、出かける用意をした跡はちっとも見られなかった。林立衡が一度戻ったことを証明できる唯一のものは机の下に投げ出されていたあの花束だった…。

張寧は驚き慌てた。〝何があったの？　豆々たちはどこに行ったの？　あぁ…どうしよう……〟そう思いながら彼女は自分の部屋に戻ってみた。看護婦の王はいつのまにか姿を消し、外からも混惑した慌ただしい足音が聞こえてきた。張寧はベランダへ出てみた。十メートル先の五十六号別荘の前では警備部隊が集合していた。慣例によって、林彪が空で動く時は飛行機は必ず三機用意され、一機は警備部隊が、一機は林彪の専用車と当番車などを乗せ、もう一機は林彪本人とその事務局の職員たちが乗る。張寧は警備部隊が集合して先に空港へ行くのだと思っていた。

部屋に戻ると林立衡がやってきた。

「張寧。首長の計画が変更になったわ、出発はやはり明日ですって。時間はいつになるか私が聞いてくるから、今日のところは安定剤でも飲んで気持ちを落ち着かせて先に眠りなさい」

その口調も態度もぶっきらぼうだった。張寧に口を開く間も与えず、自ら持って来た睡眠薬を出して、水と一緒に飲ませた。そして、張寧がベッドに着くのを見届けてから去っていった。しばらくすると張清霖が現われ、張寧が寝たことを確認した上、すべての電気を消したことを張寧はおぼろげながら感じていた。

五十七号は、真っ暗となったのであった。

7

その夜、一人の弱々しい女性の肩に中国の歴史に刻まれる重大かつ驚異的な一ページが担わされていた……。

生活の分裂、感情の分裂、信仰の分裂……、林立衡にとって魂が青鋼の鋸に引かれたように、血も肉体も神経一本一本も切られていくかのようであった。彼女は震えている神経を押さえる暇もその心の痛みを呻吟する時間も全くなく、又周囲の人を見分ける余裕も得られることはなかった。

林立衡は張寧のことを可愛がっていたが虎との関係によって彼女を疑ってもいた。弟からあのことを聞いたかどうか、それにどう反応したのかという点で深く悩んでいた。五十七号に戻った林立衡は張清霖と共に素早く警備部隊本部に行って周恩来首相に電話した。「葉群と林立果が首長を脅して今夜出ることになった…」その後、彼女は張寧が巻き込まれるのを恐れて強めの睡眠薬で寝かしたのだった。林立衡のその行動は張寧の命を救えるとは彼女自身も思わなかったのであった。

張寧が薬の作用でぐっすりと眠った頃、五十七号の前に急ブレーキの音がひびいた。林立果が車から飛び出して張寧の部屋に走り出した。銃を手にした彼は部屋の電気をつけようとスイッチを押したが電気は切られていた。張寧がいるかどうかも分からないまま彼は必死で彼女の名前を呼んだ。「張寧、張寧……」。部屋は死んだように静かだった。「くそう、なんてことだ……」と彼は足を踏みならして吐きすてるように言った。

林立果は急遽九十一号に戻った。間もなくあの防弾型「紅旗」車が玄関前に姿を現わし、彼はそれに乗り込んだ。

「紅旗」が走り出した。百キロを超えるスピードで山海関空港へ向かった。それより前、党中央の命令を受け、飛行機の離陸を押し止める任務を負う警備部隊のトラックや通報のジープがすでに空港へ向かって飛ばしていたが、そのいずれも「紅旗」に追い超され、遠く振り放されたのであった。

林立果は計画通り、両親と共に用意されていた軍用飛行機に乗った。そして、その飛行機は無事空へ飛び立ったのであった。

……。

8

九・一三事件後、党中央組織部部長である郭玉峰氏が張寧にこう言った。「張寧、君は本当に運の強い人ですね、もしも時間が少しでも許したならば、ウンドゥルハンにもう一人女性の死体が増えていたはず……」

当時、モンゴル駐在の中国大使許文益氏が《歴史が私に特別な使命を与えた》というレポートを書いた際、事件の現場については次のように書いた。

――飛行機の墜落現場はウンドゥルハンの西北七十キロメートルの盆地だった。この盆地の大きさは南北三千メートル、東西八百メートルぐらいで、砂が多く、三十～四十cmぐらいの草に覆われていた。飛行機は北から南へと落ちて、墜落点は盆地の中央より南側だった。私は現場を見まわした。六百メートルにも及んだ燃え焦げた草地に飛行機の残骸が散乱して、白布で掛けられた死体が目を引いた。

まわりは荒涼としており、モンゴルの兵士がぶらぶらしていた。悲惨で侘しい風景であった……。

飛行機の残骸には「中国」「航」「二五六」そして国旗の印が見分けられた。「航」字の近くには直径四十cmほどの穴も見えた……。

死体九体が機首の五十メートル先にずらりとならべられ、全員ひどく焼けていたため身元の確認は非常に困難だった。われわれは死体に一番から九番まで番号をつけ、そして各角度から証拠写真を撮った。その後の検証によると、死体五番が林彪、八番が葉群、二番が林立果だった。このほか、死体一番が楊振鋼（林彪の運転手）三番が劉沛豊、四番が邵超良（操縦士）六番が張延奎（同上）、七番が李平（同上）、九番が潘景寅（機長）であることが確認された………。

第六章　立ち直る

1

九月十三日、事件当日、朝。

目が覚めた張寧は時計を見た。六時前だった。睡眠薬がさも効いていたように頭が重かった。松林を散歩しようと思った彼女は部屋を出た。

五十七号の門を出た張寧は、はっと驚いた。別荘の前に銃を担いだ兵士が多勢立っていた。〝なんだろう。なぜ空港に行く部隊がこんなところに集合しているの？〟その理由を様々に推しはかりながら彼女は松林に向かった。十数メートル程歩いたところ、突然一人の警備兵が目の前に現われた。

「張さん、どこに行かれるんですか？」

「海辺まで散歩に……」

「どうぞ、お部屋にお戻りください。ここは安全とは言えません。うろうろなさらないほうがいいです」

その言葉は丁寧ではあったが命令とはほとんど異なっていなかった。

張寧はいささかむっとした。〝私は毎日この道を通って海辺へ散歩に行くのよ。たまには兵士の姿も見えるけど、彼らはグリーンの軍服で包まれた身をなるべく松枝の色に溶け合うように配慮し、足音もできるだけ風音や波音のリズムと調和させ、自然の静けさを保つように充分な心づかいをしてくれたのに、今日は一体どうしたのかしら、ここは中国人民解放軍八三四一部隊―中国で最も精鋭で切り札となる警備軍がいるのに安全ではないなんて変だわ……〟そう思った彼女は何か尋ねようとしたが、その時、近くの松樹の奥から七、八人の兵士がさっと出てきた。彼らは手に銃を握り、厳しい表情で張寧を見ていた。〝こわい…〟と彼女は散歩をあきらめ、五十七号に戻った。異変を感じた張寧は部屋に座り込んで何があったかを推論し始めた。

七時半になった。平常ならこの時間に電話が鳴り、朝食の注文を聞かれ、自分の気分によって部屋でも食べれることになっていたが、その日は八時になっても、九時になっても電話は鳴らず、誰一人訪ねて来なかった。

九時半になるとようやく人がやって来た。楊森だった。彼の表情は厳しく態度もこわばっていた。

「張寧、君の薬はどこに置いてあるの?」

「そこの引き出しの中ですが…」

「ちょっと見せて下さい」

「どうぞ」

楊森が引き出しから薬の瓶や紙袋などを全部取り出して、一つ一つを調べた。栄養剤、ビタミン剤、消化剤、安定剤…それらすべては、林彪の保健医の処方に基づいたものだった。

彼は傍若無人にあらゆる薬を軍服のポケットに詰め込んだ。張寧は驚いた。

「ね。それ、私が飲んでいるものよ。どうして持って行っちゃうの？」

「これからは、ぼくが薬の管理をさせてもらう。飲みたい時には言ってくれればいつでも持って来る」

彼は、そう言って張寧の反応を全く無視して去っていった。

張寧は納得できず、自分なりに考えた。〝きょうは大連に行くから、もしかすると彼は林立衡に頼まれて、薬を持って行ってくれたのかも…〟そのわけ以外、彼女は何一つ思いつかなかった。

しばらくすると張寧は林立衡の部屋を尋ねた。依然として人影が見えず、何もかも昨夜のままであった。〝まさか、きのう戻らなかったなんて…〟と張寧は奇妙に思った。

退屈と煩しさに堪えて昼を迎えた。張寧のお腹はぐうぐう鳴っていた。〝もう、電話なんか待っていられない、食べにいこう〟彼女は歩いて九十一号に入った。このところ、林立衡たちと共に張寧も葉群と同じランクの食事を取ることになったためだった。

ダイニング前の階段に葉群の調理師がぼうっと坐っていた。張寧は声をかけた。

「きょうはどうして私を呼ばないのかしら、お腹がすいたわ…」

調理師は頭をもたげて張寧を見て苦笑した。

「君、空腹ってことをまだ知っているの？」

「もちろんよ。誰だってお腹がすくもの…」

「そうか…」

「そうよ」

でっぷりと太ったそのコックさんが仕方なく厨房に入った。そして目玉焼を二つ焼いてから食パンとフルーツジャムを出した。

「ここで食べるかい？」

「そうね」

張寧は食べながらコックさんに聞いた。

「ねぇ　林立衡と張清霖はもう食べたの？」

「いいや。食べてないよ。食べる気があるのは君一人だけじゃないの？」

「どうして？」

「さぁ…」

「じゃ、あなたは食べたの？」

「いいや」

「そう、じゃ、林立衡たちがどこに行ってるか知らないか？」

「ぼくに聞くの？　ぼくが誰に聞くんだい？」

彼の口調は不満に満ちていた。

食事を済ませると張寧は部屋に戻って昼寝についた。神経が疲れていたのか夕方までねむり続けた。起きると夕食が運ばれていた。運んできた人はこれまでに会ったことのない人だった。食膳へ目を移すと張寧は又も驚いた。おかずは豆腐と白菜の炒めものに、青菜のスープを加えただけだった。〝なにこれ。北戴河でも「憶苦思甜」（昔の苦しみを回想して今の幸せを思う。中国では共産党の恩を感謝するための一運動として行われていた）をするかしら！〟と思った彼女はごはんを口にした。その時、看護婦の王萍が入って来た。

「王萍、ごはんは？」

「食べました」

「そう、なにを食べたの？」

「同じものを食べたけれど」王萍は張寧のおかずを見てそう答えた。

それを聞いた張寧は自分が今食べているのは職員及び警備部隊用の大食堂から持ってきたものだと知った。彼女は腹を立てた。〝今から私を女中扱いする気？　全くのでたらめだわ。北戴河に来たのは林立衡に呼ばれたからよ。忙しいのなら北京に帰らせばいいのに……南京でだってこんなレベルの食事を食べたことはなかったのよ。冗談じゃないわ…〟そう思うと張寧はごはんがのどを通らなくなって、くやしさいっぱいで夜を迎えた。

九月十五日。

まる二日間、林家の誰にも会えず、薬を持っている揚森も連絡を絶った。

張寧は看護婦の王萍に「どこかで縄を一本探してきてくれない」と頼んだ。王萍はなにも言わずにすばやく部屋を出た。やがて楊森がやってきた。うしろに八三四一部隊の分隊長の蒋がついていた。

「張寧。どうして縄がほしいの?」楊森は声をやさしくして聞いた。

「あなたには関係ないわ。持って来るなら、持って来て、持って来ないなら聞かないで」

張寧は一層子供っぽくすごんだ。

「縄を持って来るのは簡単だが何に使うかを言ってくれないとね…」

「いやよ。どうしてあなたに言わないといけないの? 私の薬を持って行っちゃって。いつでも持って来るって言ったくせに、顔さえ出さなかったじゃないですか。あなたはウソつきよ!」

「張寧、おちついて下さい。ぼくはウソつきじゃないよ。君の薬はもうぼくの手元にないんだ…」

「それはどういうこと? 誰に渡したの?」

「だからもう少し我慢して下さい…」

「我慢? 何を?」

「まぁ、そのうち…」

物事をはっきり言わない楊森を前に張寧はますます怪しく感じた。〝そうだ。虎は? 豆々は?

あの二人に会わないと何もかもおかしくなっていくわ〟そう思った彼女は楊森に尋ねた。

「楊森、ぜひとも教えてほしいことがあるの。教えてくれたら私も縄のことを教えてあげるから、お願い。虎とお姉さんは今どこにいるの？　会いたいから教えて…」

「お姉さんは今、大変忙しくしてる。暇ができれば君のところへ来るっておっしゃったから、それまで待ってて下さい…」

話はまだ終わっていないにもかかわらず楊森は急いで去っていった。

その日から、王萍は影が形に添うように張寧から離れようとしなくなった。

ベランダで、張寧と王萍は雲やら海やら見ながら雑談を交した。おしゃべりの途中、王萍は急に話題を変えた。

「あの…どうして縄がほしいって言ったのか教えてもらえないかな…」

張寧は入口の傍にある二本の松を指して「あれを見て、それぞれの樹から結構太い枝が伸びて、交叉し合っているでしょう。あそこに縄をつけてブランコを作りたかったの。だって遊べるものが一つもないんだもの。毎日部屋の中にくすぶっているのは耐えられないわ…」


九月十八日。

秋は足早にやって来て夏を追い払った。朝晩には肌寒さを感じ始めた。

張寧はタオルシーツだけでは寒くて寝むれなくなり王萍に楊森を呼んでくるように頼んだ。しかし、やって来たのは楊森ではなく、八三四一部隊某師長張少池だった。

「張寧、どんな要望ですか?」

「毛布がほしいの。夜が寒くて眠れません。それから、早く北京に戻りたいのです。新学期がもうすぐ始まるので、少し準備をしないと……」

「毛布は何とか手配できるけど、北戴河を離れる事は私の決めることではないんだ。私も北京に帰りたいのだけれど…」

張少池、六十歳。並の師長とは違って「御林軍」―林彪防御軍の軍頭である人物。そんな彼から、弱気の言葉を聞いた張寧は唖然とした。

北戴河、この人を迷わす美しい景勝地で一体何が起こっているのか? ここに隠れている神秘なものが更に張寧を迷いの世界へ誘っていた。禁ずるものほど興味を引く、張寧は一つの冒険に踏み切った。

夜のとばりが北戴河を覆う頃、張寧は歩哨の目を盗んで五十七号を出た。彼女は木の陰を借りて身を隠しながら、林彪の専用車庫へ回りついた。大きなドアのすき間に目をやると林彪の専用車も葉群の専用車もそこに見えた。車があるのなら人がいる。そう判断した張寧の気持ちは落ち着いた。〝林家の人々はまだここにいる、会えないのはお忙しいだけだわ。そうだ、虎が上層部の内部闘争が激しくなったと言ってたわ。きっと、北戴河で党中央の重大会議が開かれているのよ。こんな大変なときに私をかまっていられないのも当然だわ〃張寧は納得した。

九月二十日。

一週間も静けさを守っていた五十七号の庭に動きが見られた。張寧が部屋を飛び出して見ると林彪事務局のスタッフが二十数人程度集まっていた。中には顔見知りも何人かいた。皆が庭にある二本のトチの木を囲んでいた、バスケットを持っている人もいれば、竹の棒を持っている人もいて、トチの実を打ったり、受けたりしていた。

その中に葉群の内務員である孫東の姿が見えた。張寧は声をかけた。

「孫東、この一週間あなたたちはどこにいたの？」

「張寧、お暇でしたら、一緒にやりませんか。トチの実って漢方薬の薬材になるから、たくさん取って売りましょう」張寧の問いに答えず彼はそう言った。

「なんですって、堂々たる林彪事務局がトチの実を売るなんて、冗談でしょう」と張寧は笑って言った。〃スタッフたちがこんなことをしているなんて、きっと多忙によるストレスを解消するため体を動かしているにちがいないわ。私も退屈だから一緒にやろう〃と彼女はさっそくトチの実を拾い始めた。そのうち若者の何人かが冗談話を交し始めた。

「ぼくらの労働成果はどれぐらい値づけられるかな」

「安いと思うよ」

「きょう取ったのを全部売ってもせいぜい将棋セット一つ買えるぐらいだろう」

「えっ、そんなにやすいのかな？」

「いいじゃないか。将棋を楽しめるんだったら」

「そうだよ…」

……

その会話を聞いて、張寧は素直に笑った。連日、孤独に襲われたり不安に悩まされたり、又、精神的にもいらいらしたりしていたが、この笑いがすべての不快をとばしてしまったようだった。

昼食、部屋に送られたお料理はゴージャスだった。中には大きなウシエビの姿煮や、蟹の丸焼もあった…。

張寧はよだれが出るほど食欲をそそられた。食べようとしたところ楊森が入ってきた。

「どうですか。お食事は」

「とても満足しているわ」

「そうですか。これも豆々姉さんのご配慮によるものです」

「お姉さまはどこにいらしゃるの？」

「お姉さまはまだお忙しいようです、そのうちにここにも来られますよ」

食事を終えて満腹した張寧は少し体を動かしてから昼寝をしようと思い、部屋を出た。外では警備部隊の士兵たちがバレーボールをしていた。よく見るとそこには張清霖の姿も見えた。


九月二十三日。

北京に戻れるとの知らせが来た。〝やった〟うれしくてしきりに跳ねたのち、張寧はこれまでにないスピードで荷物をまとめた。そしてずっと一緒にいてくれた看護婦に「王萍さん、お世話になったわね。又、会いましょうね、北京で」と別れを告げて五十七号を飛び出した。

玄関を出るやいなや彼女は自分の目を疑った。なんと、林彪事務局の全員が整列させられていた。しかも、皆精彩のない顔をしてまるで送還される捕虜のように見えた。一番後ろに立った李文甫の負傷した左手に巻かれた繃帯が更に重々しさを伝えていた。

張寧の心は恐怖に沈んだ。林彪の安全を守る李文甫がこんな姿になったとは…。それじゃ林彪は？　まさかこれは虎が言った最悪の事態？　まさかプロレタリアート司令部で何者かがクーデターを起こしたのかしら、とにかく大変な時が来たのだわ。彼女は李文甫の顔をじっと見つめた。そこに何かを読み取ろうとして…。しかし、李文甫はたちまち顔を横に向けた。

行列に入った張寧は虎と豆々を目で捜したが見あたらなかった。軍の大型バスが三台も来て、銃を担いだ兵士が何十人もいた。普段、兵士たちは林彪事務局の人に会うと必ず丁寧に礼をしたが、今日の彼らはまるで別人のようにみんな顔を凍らせたような冷たい表情であった。

全員が警戒される中、バスにのって、秦皇島駅に着いた。そして指定された車輛に乗り込んで北京へと向かった。

車内では、席の半数ほどは兵士たちに埋めつくされており、林彪事務局の人々は後ろに残された席に座ることになった。

無言の旅が始まった。誰一人として声を出そうとしなかったため、車輪の動く音が一層とげとげしく耳にひびいていた。

張寧は背筋に感じる寒気におそわれた。自分がこの疾駆する列車と共にこの国の運命を決める戦いの第一線に行くのかもしれないと思うと怯えてしかたがなかった。毛主席、そして自分のお父さまにもなる林副主席は今どこにおられるのか、その安否を気づかうと彼女の心は震えが止まらなかった。

夕暮れどき、列車は北京駅に着いた。一行は迎えに来た陸軍のバスに乗せられた。街灯の光に照らされ始めた京のまちに異常な雰囲気は全く感じられなかった。

しかし、バスが繁華街である西単に入ると張寧はその風景に呆然とした。そこには、軍人たちが三三、五五屯ろしていて、一般人の姿は一人も見えなかった。街は戒厳したようだった。西単の街角から、西四大街の毛家湾へつづく横丁までは三メートル置きに、実弾をこめた銃を手にした兵士たちが立っていた。バスが横丁に入ったところでは道の両側に兵士たちがびっしりと並んでいかめしい警備の中、緊迫した空気が漂っていた。

毛家湾に入り、バスを降りた全員は林家の会議室に引き入れられた。しばらくすると中央軍事委員会官公署の王恩良副署長が秘書につきそわれて入ってきた。彼は起立した全員と握手を交した。張寧の前に来たとき「南京軍区前線歌舞団の張寧です」と秘書が介召した。曾て南京軍区政治部部長だった王恩良は張寧の肩をたたいて言った。「張寧か。わかった」張寧はこれから先、起きることを想像して頭がいっぱいになったのでその言葉に対して全く反応を示さなかった。

王恩良が辺りを一見回して「皆さんはまだ若いんだ。未来が残されている」と言ってソファに腰を下ろした。

「きょうは党中央の委託を受けて、ここに来ました。これから、皆さんに党中央の重要通知を伝達します」

〝これまでのすべての謎が解かれる。何もかも明らかになる〟そう思った張寧は一言も洩らすまいと耳をそばだてた。

王恩良の話が始まった……。彼の口から出て来た言葉は轟く戦車のように張寧の耳から脳へ入っていった。

林彪が死んだ…

葉群も死んだ…

林立果が負傷して逮捕された（張寧のことを配慮して死亡したことをすぐには言わなかった）。

彼女は脳裏で夢境に入った——荒れた野、人家も、炊煙も木樹も影形さえ見えない。雲は灰色、草も灰色、天地空間すべてが灰色、小さな丘を越えるとかやぶきの小屋が見えた。屋根の上に生えたたくさんの雑草が西北風に揺らいで号泣している。かやの奥にかすかな文字があった。

×年×月に生まれ

×年×月に死ぬ…

張寧はそれをはっきり見ようと必死に体をかがめて、そのかやをつかもうとした。しかし足は積みくずれたれんがのかけらの上を踏んで重心が傾いた。れんがは倒れ散った…。

張寧は気を失った。

会議室で王恩良の話を聞く人々の中で、事前に何一つ知らなかったのは張寧一人だけだった。彼女はベッドルームに移された。以来二日間、死んだように目をきっとすえて口も閉ざしたまま動かなかった。鼻の穴で呼吸が続いているのが生きている唯一の証だった。

王淑媛（林邸の女中）と穆芹（林彪運転士の妻）が交替で張寧の看護をした。

三日目になって張寧の意識はようやく戻った。王恩良の話を聞いたときのショックが彼女の感情世界への猛烈な衝撃だと言うならば、今度はそれが彼女の理性世界へとゆっくり踏み込んでいったとも言えよう。

この中国を驚愕させ、世界をも驚愕させた政治事件の最中、自分は事件の中心となった林彪一家と日々を共にした者であった。林彪は死んだ。反革命クーデターという罪名を永遠に負ったまま…「株連九族」（一人のため、親族や関係のある多くの人が連座される）―これは、中国の長い歴史の中で生きつづけて来たものだ。今回、自分も当然そこからまぬがれられない一人であると彼女は判断した。これからはあらゆる面において、自分の名誉は黄河に跳び込んだとしても洗い清められない。「反革命お妃」という「黒帽子」（悪名）を死ぬまでかぶらないといけない。人生の先は真っ暗となった、そう思った張寧は、冷凍室に入ったかのように心臓が縮むのを痛感した。彼女は恐れ、力をなくし、意志をなくし、生の欲望もなくした。岸のない苦渋の海を泳ぎ、疲れきって、死こそが岸であるかに思えた……。

午後、散歩を許されると王淑媛が言った。

「張寧、ちょっと外をうろうろして来るわ。すぐ戻るからね」

王淑媛が出ていくと、張寧は力をふりしぼって起き上がった。乱れた髪の毛を手ぐしですいてから、部屋全体を見回した。硬そうなものはどこにもなかった。椅子も机も茶コップも全部回収された…。彼女の目はドアに向けられた。ドアのノブは金属製の長い四角いものだった。〝そうだ、あれしかない〟張寧は喘ぎながら壁をつたってドアの前までやってきた。

真っ白になった張寧の胸の中に、母親の顔が浮かんできた。涙は堰を切ったように流れ出した。全身黒っぽい毛が生えて「おサル」と呼ばれた自分を女手一つで数えきれぬ苦労と心血をかけて育ててくれた母親、そんな偉大な母には親孝行一つもしたかった。なのに自分は最愛の母と家族に最も痛烈な打撃を加え、最も耐え難い精神的な重荷を背負わせることになった。生と死、どちらを選んでもその打撃と重荷を減らすことはできないだろう。「おかあさん、ごめんね！」張寧は弱々しい声でそうささやいてから、全身の力を奮い起して、金属製のノブに頭からぶつかっていた…。

帰ってきた王淑媛は張寧の部屋に入ろうとしたが、ドアが開かなかった。そこで近くにいた人たちにこじあけてもらった。ドアが開くとそこには張寧が頭から血を流して倒れていた。

「張寧、張寧、なんてことしたの？　張寧…」王淑媛が叫んだ。張寧の顔や手足は冷たくなり、全身にけいれんを起していた。

皆は彼女をベッドの上に運んだ。出血が枕をふとんをそして床を赤く染めていた。張寧は朦朧とした意識の中で王淑媛の泣き叫ぶ声を聞いていた。

「速く医者を連れてきて、医者を呼んで！　急ぐのよ！　お願いだから速く…」

その叫びに張寧の神経はねじられるように感覚を取り戻した。そしてその感覚は十本の指に伝達された。八三四一部隊の軍医が救急セットを持って張寧に近づいた。頭の傷を治療しようとしたとき、彼女は最後の力を十本の指に込め、鋭い爪で軍医の手を押さえた。

「冷静になろう…」軍医が命令する口調で言った。しかし、張寧は手を離そうとしなかった。

王淑媛が軍医を手伝おうと張寧の手を握った。今度は張寧が頭を左右に振り始めた。

その行動は血液の流れをますます速めた……。

林彪の保健医がかけつけて来るなり言った。

「皆さん、退室を願います…」

部屋には静けさが戻った。保健医が張寧に優しく声をかけた。

「張寧、私のことを覚えていますか？」

張寧はその声で彼を判断した。北京に来てから具合が悪くなる度に彼が世話してくれていた。

「ぼくのことを信じてくれますか？」

張寧は黙ってうなずいた。

「では君の傷をぼくに任せてくれるね！」

張寧は抵抗しなくなった。自分の健康に対して彼は細心の配慮を払ってくれただけではなく、先の言葉から自分と同じ境遇に立っていることも窺うことができた。

「信じる」という言葉はすべてを超越する力を有する。張寧もその言葉に一つの光を見た。〝林家のまわりの人は決して悪人ではない。林家は林家。私たちは私たち。林家のために生まれたのではないから林家のために死ぬ必要も全くない……〟そう冷静に思えるようになった張寧は力尽きた声で返事をした。

「はい…」

保健医が治療を始めた。傷口が大きかったため、小手術が必要だった。彼はまず、はさみで傷口周辺の髪を切り、そして麻酔を注射し、消毒したあと傷口を縫い合わせた。最後に抗生物質や痛み止め、安定剤や栄養剤などを飲ませた。

「どんなことがあっても落ち着くんだよ。特にこの二、三日は何も考えないことだ。それから絶対に起きてはいけないよ。君は脳震とうを起こしているから、気をつけなくては後遺症でも残ったら、それこそ人生は滅茶苦茶になるよ。必ず安静にして下さい！」

張寧はそのまま五日間、静養を取った。保健医は毎日治療に来て、彼女の全快に精を尽くした。

林彪事件の特捜部が毛家湾に駐進した。関係者一人一人に対する尋問が始まった。特捜部の一人が張寧について次のように述べた。「張寧は自殺を図った。これは林彪反党集団の殉葬者となりたい証拠だ」しかし、反対の声があがった。四十代である高級参謀はこう発言した。

「誰も甘んじて殉葬者になるはずがない。彼女も被害者だ。林家に来たのも命令されたからだ。自殺はショックの受けすぎによるものであろう。ほんの二十一歳の娘さんがどこからこんな打撃に耐える力を得られるか？ぼくらの年の人だってこのような大事件に巻き込まれたら、怯えて度を失うだろう……」

元林彪事務局の人々が続々と見舞にやってきた。秘書から雑用職員、服務員まで…皆、張寧に同情して、健康の回復を祈った。ある日の午後、李文甫がやってきた。髪の毛が真っ白になって背中もすっかり丸くなった彼を見て張寧は驚いた。林彪の最も信頼していたこの軍官はわずか十日ほどで十歳以上も年を取ったように見えた。

お互いに暗然とうち沈んだ。心が泣いているのを感じ合う二人、その対面は終始無言だった。あの日、林彪を引き止めようとした彼に虎がピストルで発砲したそうだった……。

張寧を見つめる李文甫のくすんだ目から大粒の涙が流れた。張寧も目を天井に向けて涙をこぼした。交す言葉は不要だった。涙が何もかも語り尽くしたようであった…。

李文甫はこうして黙然と何も言わずに張寧の傍に坐っていた。時間がしばらく立った。彼はゆっくりと立ち上がり依然黙ったまま淋しそうに去っていった。

2

「九・一三事件」は欧米諸国にも大きな衝撃を与え、各国の新聞は大々的に報道した。しかしながら世界人口の五分の一を占める中国の人々は当分それを知ることができなかった。「党的喉舌」（中国共産党の喉と舌）と呼ばれている中国マスコミがその情報を完全に封じていたからだった。

十月一日（建国記念日）を前に党中央からは今回、大規模な祝典及び祝賀活動を控えるとの通知が全国に伝達された。人々は祝うためのパレードによる「労民傷財」（疲労した上に財物をむだにする）が終わったことでほっとしていた。誰もが最高指導部に巨大な異変が起こっていることに気がつかなかった。

十月下旬。「九・一三事件」をまとめた政府の文書ができ上がった。この文書は党中央の重要通知として上層部から基層部へ党内から党外へとようやく遂次に伝わっていった。

一時期、大掛りな批判運動が全国に広がった。中国人はショックを受ける間もなく林彪反党グループの「掲、批、査」（摘発、批判、調査）潮流に身を任かせた。そして毛沢東主席の最新講話も激動した人民に知らされた。

――「彼（林彪）の考え方には不安を覚えた。私の何冊かの本（語録）がそんなに神通力を持つとは信じられないが、彼はほらを吹いたので全党全国でブーム（毛沢東語録）となった。「王婆卖瓜。自卖自拷（瓜を売る婆さんが自分の瓜を大げさにほめる）彼の本意は自己誇示だろう……」――

3

江蘇省では「掲、批、査」運動の標的中心となったのはむろん「お妃選」であった。言うまでもなく江蘇省はお妃として選ばれた張寧の出生地であったからだった。

「政治運動こそ出世のチャンス」と言われたあの時代は四千万江蘇人民も燃え上がる烽火の中で我を忘れ、善を忘れ、あの「巨大幸福、栄光」も忘れ、批判のほこ先を張寧の母親に向けた。

母親の勤める学院から繁華街の新街口まで沿道の壁は批判文によってびっしりと埋め尽くされていた。「張寧」「田明」という名前は上京した時よりもはるかに多くの人々に知られた。庶民はガムをかむように彼女たちの名前をかんで、かみしめて、そして吐き捨てたのだった。

職場では母親が批判の生き標的となって批判され、外出すると「あの婆さんは張寧の母親だ」と言われ、その場で罵倒され、攻撃を受けた。家に戻っても、南京大学や南京工学院から次々と来る学生たちの罵り声を聞き、そして省革命委員会の「事情聴取」にもしばしば召集されたのだった。

母親は憤慨した。騙された上に白状しろと迫られることは忍ぶにも忍べないものだった。

「娘は命令に従って北京に行った。林彪の家に行くことは母親の私にさえ秘した。私には話すことなんて一つもない！　それより、なぜ革命先輩の未亡人であるこの私にとんでもないウソをついて騙したのかを言いなさいよ……」

しかし、求められたのは「白状」ではなく、林家に行った娘への批判であることを母親はそのうちに知った。それは母親の死んでもできないことであった。

母親の心配は語り尽くせないものだった。娘が事件後どこにいて何をしているかすら知らない彼女は自ら省革命委員会の門を押しひらいた。

「娘を返して下さい!」母親は娘が戻るまで帰らないと告げた。

これに対して革命委員会は回答した。「要相信群衆、相信党、这是两条基本原理」(民衆を信じよう。党を信じよう。それは二つの基本原理である)。

母親は追い出された。しかし頑として彼女は帰ろうとせず革命委員会ビルの前に座り込んだ。夜がやってきた。独りぼっちの母親はとうとう倒れた。「天国のお父さん、見て下さい、革命に尽くしてきた私たちがこんな惨めな境遇に追いつめられている…」と言いながら……。

精神分裂症という病気が母親に襲いかかった。毎晩、夜中に起きては庭の土を掘りつづけた。「おサル、おサル」と呼びながら土の中から張寧を掘り出そうとした。兄弟たちは静かに涙を流してはその母親の姿を見守っていた……。彼らはもちろん勤務先では批判の対象とされ、内定していた昇進も白紙に戻され、一家は悲惨な日々を送っていた……。

一九七一年十一月十日。元林彪事務局の全員が毛家湾から、西山にある青年学院に移され、「学習班」(軟禁のうえ、洗脳される)生活を送ることとなった。三〇一での学籍を消された張寧もこの学習班の「学員」になった。

青年学院の宿舎は三棟あった。元林彪事務局の人以外に、黄永勝事務局、呉法憲事務局、李作鵬事務局の全員(転勤した人も含む)、空軍第34師の専用機塔乗員全員、及び「聯合艦隊」メンバーと関連するすべての人がこの三棟に収容されていた。

張寧は元林彪事務局の人々と同じ二棟に配置された。一階は警備部隊の兵士たちの宿舎となり、二階は張寧たち「学員」がすべての部屋を占し、特捜班の人々が三階を使用することになっていた。

学習班の日程も厳しく規定されていた。朝食前二十分と夕食後三十分の散歩が許される唯一の外出だが会話や他人の部屋への出入りは禁物だった。午前、午後、晩、学習内容の主は摘発書を書くことで、具体的には九月七日から十三日までの間の林彪一家の動きを細かく記述することだった。あとは批判会に出たり、特捜班に呼ばれて事情聴取を受けたり、林彪グループの犯罪調査を手伝わされたりしていた。

張寧に対する取り調べは少々他の人たちに対するそれとは異なるようであった。ある日、彼女は特捜班の人に呼ばれて三階の談話室に入った。

「張寧、君はまだ若い、その上革命家庭出身である。将来のことは心配いらない。今後、組織が君の政治前途を考慮するだけではなく、君の結婚問題も手伝うつもりだ……」

蛇に咬まれたかのように張寧は慌てふためいた。

「いいえ、私はもう組織のご高配を充分いただいたのですから、これ以上は何も望みません。まして や結婚するつもりなどもう全くありません……」

その談話から一週間後のある夜、すでに寝ていた張寧は又もその人に呼ばれて三階の一室に案内された。部屋には五十代の女性軍官とその女性に秘書と呼ばれている背の高い男性が座っていた。

女性軍官が張寧に尋ねたことは林彪のことであった。しかし、これまでとは違って、政治に関することではなく、林彪の衣、食、住や趣味といった質問に限られていた。まるで林彪の生活スタイルを取材に来た女性作家のようだった。彼女は話をしている間、ずっと張寧の顔から目を離そうとしなかった、一挙一動をも逃すまいとしているかのように……。

学習班では定期的に講堂で模範映画が放映されていた。その日も映画の日であったが、張寧は体調が悪いという理由で欠席を求めた。しかし許可は下りなかった。その理由は映画を見る事は休憩と同じであり、また一人で部屋にいるのは望ましくないというものだった。

張寧はやむなく講堂へ向かった。

講堂の前には学習班の人たちが徐々に集まり始めていた。決められた入場の順序では、元黄永勝事務局の次に元呉局、元邱局、元李局、そして最後に元林局となっていた。張寧は元林局の列に入って入場を待っていた。

そこへ、先日の人が現われた。

「張寧、君は体調が悪いって聞いている、きょうは皆と一緒に待たなくていいから、先に入りなさい」

張寧はその人と講堂に入った。中は暗かった。厚い遮光カーテンがしめられていて、壁にとりつけた指示灯がいくつか点灯していた。〝あら、入場を開始する前には電気さえついていないのね〟明るい外から入って、その暗さにすぐには慣れない彼女はそう思って指示灯のつけられた壁側をゆっくりと進んで通路に入った。

講堂の中が徐々に見えるようになると彼女はがらんとした静かな館内を見まわした。最前列の席に三人の姿が見えた。突然その三人は席を離れて、張寧の真向から歩いてきた。三人とも男性だった。彼女は壁に体をくっつけて通路を譲った。先頭の人は張寧の前に来ると足を止め、いきなりカーテンをあけた。そして通りすぎていった。太陽の光は大きく窓ガラスからサーチライトのように射し込んで、暗さに慣れたばかりの張寧をまぶしく照らした。そのため彼女は目を閉じずにいられなかった。しかし、目をひらいて歩こうとした張寧はまだ動けなかった。というのも二番目の男性が前に立ってじっと彼女の顔を見つめたからだった。彼は二十代後半で四角い顔をしている雄々しい陸軍軍官であった……。三人は去った。張寧も指定された席に着いた。

映画が終わると退場の混雑の中から聞きおぼえのある声が張寧のうしろでささやいた。「この前三階に来た五十代の女性は××副総理の夫人、君に会う前に34師のスチュワーデスにも会ったらしい……。先の三人だが真ん中にいたのは毛遠新だよ」

張寧は驚きのあまり、振り返ってその人の顔を見ることすらできなかった。自分の中に爆弾を投げられたように恐怖の寒風が全身にうなりをたてた。

毛遠新、中国の政治舞台でも、軍界でもその名は雷のように遠近に鳴りひびいていた。

毛沢東の子供全員が戦争によって命をうばわれたため、甥である彼はその息子のような存在となっていた。党中央委員の肩書きを持ちながら東北三省（黒龍江省、吉林省、遼寧省）を統轄する沈陽軍区の副司令官の座にも身を置いていた。

その彼がどうして自分の前に……。張寧は毛家湾へ来るに至るすべてのことを思い出した。そして、胡敏の笑顔があの副総理夫人の顔と一体になって浮かんできた。

あの頃の「体験」（お妃選び）がよみがえった。

何もかもがさもしく、そして荒唐無稽になっていく……。

特捜班が言った「組織が結婚問題を手伝う」という言葉の意味が分かった。張寧の中には、林立果のときほどの憤りはなかったがそれに代わって生じたのは、これまでに忠実に信じてきた偉大な党、偉大な組織がなぜこんなに野放図なことをしているのかという疑い心であった。

翌日のクラス批判会で彼女はこう発言した。

「お妃選びや美人コンテストなどはブルジョワ的なものですね。その産物である私は批判されるべきでしょう。しかし、今だにそれをやっているのではないかと疑問に思いながらでは、私はこれからどういうふうに反省すればいいか分かりません…」

夕方、散歩の折、黄項陽（黄永勝の息子）がそっと近づいてきた。「張寧、危険だよ！　上に報告されたら大変だ。気ままに物事を言わないように……」と小声で言うとすぐさま離れていった。

張寧の発言はまさかとは思っていたが特捜班そしてその上層部まで伝えられていた。そのうちに学習班は全員集められ広場で訓話を受けた。

「階級闘争の新動向は絶え間なく現われて来るが皆さんは常に注意しなければならない。最近学習班の中から林彪グループの反党罪を消そうとすると小集団がしっぽを出した。そのリーダーは張寧だ。「お妃」として内定していた彼女はただの舞台女優だと思ったら大間違いだ……。それから彼女の腹心となっているのは黄項陽、魯萤……」

魯萤は元空軍作戦部部長魯珉の一人娘で当時わずか十六歳だった。父親が林立果と親しかったという理由で彼女も学習班に入れられた。学習班での生活は彼女にとって分かりにくい古詩の辞書のようだった。どうしてもついてゆけない「奇妙な大人の世界」で彼女はいつも張寧のそばを離れようとしなかった。

張寧の批判大会が行われた。一回目では彼女は弁解をしたため、反省ない上態度が悪いと更に厳しく批判を受けることになった。二回目から彼女は大人になって言われるがままに聞く耳を持った。

「張寧は林彪が培養した人であり、葉群のお気に入りで林立果の愛した人だ。彼女の体には細胞のすみずみまで林彪反革命修正主義の毒汁が浸透している……」

「張寧は事もあろうに林家のブルジョワジーの腐敗的なものをプロレタリアート司令部の首長の身にかけようとしている。これはプロレタリアート司令部に対する恨みが骨にまでしみ込んでいる証であり、林彪反党集団のために冤を訴える行動である……」

「張寧、あなたは根本を忘れている。紅軍忠烈の後世であることも、党から受けた言い尽くせない恩も全部忘れてしまっている。今、プロレタリアート司令部が煩しさをいとわず諄々と君を諭して、君を救おうとしている、目を覚ましなさい！　一刻も早く……」

「張寧、プロレタリアート司令部に対する態度を改めよ！」

「張寧、プロレタリアート司令部に対する感情を強めよ！」

「…………」

曽して胡敏や政委たちも同じことを言われた。自分は革命後世としての「態度」や「感情」に支配され「九・一三事件」に巻き込まれた。そして、自由まで取りあげられ、この学習班に身を置かれた。今、その「態度」と「感情」が再び自分に要求されている。異なるのは今度は従うべきものが打倒された司令部の代わりとなった新しい司令部であった。

〝世の中の真理が常に彼らの手にあるのはなぜだろう……。

どんなに卑劣なものでも彼らの口を通すとただちに革命的で神聖で、不可侵なものに変わるのはなぜだろう……。

懲罰される者や災を受ける者が永遠に加害者ではなく被害者であるのはなぜだろう……。

非権力者は素直に自分の感情を表現することができない。それは自分の運命すら自分で把握するこことができないからだ。権力者がネズミの洞に入れと命令したら、そこに入らなくてはならないのはどの時代においても非権力者である。この世はどうしてこんなに不公平なのだろう。まるですべてが権力者のため、プロレタリアート指令部のために設計された世界であるかのように思われてしかたがない。〟

張寧は批判の声を浴びながら、初めて偉大な党を疑って、初めてこのような難しいことを考えた。その疑いが張寧の胸の中に沸き返って、心がびりびりに引き裂かれたような苦痛を感じた。彼女は叫びたかった。が、今叫べば自分はもとより家族も死においやられるかもしれないと思うとその叫びを殺さざるを得なかった。張寧は幼い頃からこの上なく愛し、この上なく信仰して来た偉大なる像が粉々に砕けてしまったのを感じていた。彼女の心にはもうこれらを受け入れる余裕はなくなった。言葉はふさがれた口を通れず目がその通り道となり、そして思想は涙となった。それは廃虚から血をしたたらせながら立ち上がった思想だった。

張寧は大声で泣き出した。胸の中に詰まっているすべてを吐き出そうとするかのように…。

「分からない！　分からない！」としか言葉として出せなかったのであった。

江青（毛沢東夫人）は報告書の中から張寧についての書類に目を止めた。そして「重新審査」（もう一度審査せよ）との書面指示を出した。

特捜部は上層部の「審査提要」に従って、張寧に対する新たな罪状をつくりあげた。

――「林立果が宣言した。〝天下に美しい女性が数えきれないほどいる。しかし、ぼくは張寧しか娶らぬ！〟これは何のため？」

「九・一三事件直前、林家が張寧を北京から北戴河へ連れていった。これはなぜ？」

「逃げる前に林立果はわざわざ五十七号に行って張寧を捜した。これはどういうこと？」

この罪状は、張寧を林彪反党集団の一員と看做す根拠となり、彼女を永遠に身動きできない政治地獄に打ち込むための鉄棒となった。そして三つの罪名がまとめられた。

1. 張寧は階級立場上、特に感情の面では林彪一家と明白に一線を画していない。
2. 審査に対して抵抗し、林彪一家のために冤を唱えた。
3. 学習班では、小グループを結成し、プロレタリアート司令部を攻撃するデマを飛ばして、周囲を惑わせた。

これに対して、元林彪事務局の秘書たちは危険に身を挺して張寧の無実を主張した。更に別の所から、林立衡も意気込んで張寧への公平な審査を求めた。残念ながら、これは効を奏さなかった。

張寧は監視された。外出は一切禁じられ、自白用の紙を前に座り込む日々を送ることを余儀なくされた。しかし、これは、彼女に再び精神乞食にならぬことを固く決心させるきっかけにもなった。

取り調べはますます彼女の人格を無視して行われていた。

「張寧、先日、君は空軍学院に行ったね。あの日、林立果と二人っきりで部屋に三十分もいたそうだが、その時、会話を交しただけじゃないだろう。性的関係を持ったのじゃないかね。念のため、政治的影響のため、君の将来のため、すぐに産婦人科に行って妊娠したかどうかを明確にチェックしてもらいなさい！」

「いいえ、組織の考えるような関係は一切ございませんでした。たとえあったとしても病院になんか行かない！　ダメなら死刑にして下さい。そのほうが政治的影響上いいと思いますから……」

張寧は侮辱を最大限に耐え忍んだ。二十一歳になったばかりの彼女は芯から強くなった。

特捜部は彼女を林立果と結び付けようとあらゆる知恵を絞って様々な手口を使った。迫られれば迫られるほど張寧は林立果のことを思うようになっていった。彼は死んだ。曾てあった憎しみも生まれつつあった愛もすべて燃え上がった墜落機の煙と共にこの世を去った。

二年間は長かったようで短かった。彼女は彼を恐れ、彼を嫌悪し、彼を恨んだ。が、北京入りして、彼と会う回数が増えた。彼は自分を最も大切な人として接してくれた。彼の思いやり、彼の配慮、そして自分を感化しようと懸命に努めた彼の姿…、彼女はいつしか彼への愛が心の中に芽生え、それをはぐくんでいたことを否定できなかった。林立果が他界した今、張寧の心の中には寂しさと詫びる気持ちがわきおこり、そして大きな後悔となった。

もし、自分がもっと積極的に彼と付き合えていたならば……。

もし、彼をもっと知ろうと少しでも努力していれば……。

もし、二人はもっと愛し合い、信じ合ったのであれば……。

もし、孤独な彼にとって自分が心の支えとなれていたならば……。

こんなことにならずにすんだかもしれなかった。自分はきっと何かができたはずなのに、なぜ最後までこれっぽっちも我を忘れることができなかったのだろう。林立果の一途なところを止める人がいなかったから、事態は最悪の結果になってしまったのかも……。後悔の念にいてもたってもいられなくなった張寧は苛酷なまでに自分を責めて責めつづけた。

林立果の悪名は中国の歴史から消えないものとなった。安眠を永遠に望めない彼に張寧は憐れみの心で無言の叫びを送った「虎、ごめんなさい」……。

王淑媛がやってきた。彼女のぬくもりが春風のように張寧の部屋の中に吹き込んだ。張寧は久しぶりに人間らしいものに接して心が少し温かくなった。

「張寧、お元気？　つらい目に会わされたわね。虎はバカだわ。今さら何を言っても無駄だけど。しかたないわ……。ところで張寧、ちょっと気になることがあるけど、もし、もし虎の赤ちゃんがお腹にいるのなら、大変なことになるわ。よく考えてごらん、地の果て、海の果てまで逃げられたとしても、その子は林彪と葉群の孫で林立果の子供であることに変わりはないわ。その子の人生も、あなたの人生も真っ暗になるのよ。そんな苦しみを背負って生きるくらいなら、今、お腹の中で殺したほうがいいのではないかしら。だから、おろしてちょうだい……」

額に氷った玉が打ち込まれたように張寧は驚き悲しんだ。

「おばさん、あなたまで私を信じなくなったの？　私と虎のことを誰よりも一番よく知っているのはおばさんよ。それなのにどうしてそんなことが言えるの？　信じられない…　たとえ彼の赤ちゃんを育んでいたとしても私は絶対におろさないわ。子供の祖父や父がどんな大きな罪を犯した人であっても、子供には罪はないはずよ。「斬草除根」（根源を取り除く）までする事はないでしょう？」

「あなたもバカね。私はあなたのために言ってるのよ…、とにかくよく考えてちょうだい！」

張寧は初めて王淑媛を冷酷だと思った。虎と豆々を心をこめて育ててきた彼女に対する虎たちの信頼は母親以上であった。彼らは葉群に言えないことでも彼女になら言うことができた。彼女も彼らに対して親以上尽くしてきた。それを知っている張寧は血の凍る思いで彼女の言葉をきいていた。

王淑媛の人柄の良さは疑い得ないものであった。林家に誠実に尽くしてきたことも本当だった。だからこそ彼女の心は張寧にとって一層冷たく感じられたのであった。何が素朴な彼女を変えたのか？それは政治という膨大な魔力だったのではないだろうか？

4

翌年、一九七二年十月。

青年学院での学習班生活が一年を過ぎたある日、国家公安部部長の李震氏がやってきた。〝先が見えることになるかも…〟と「学員」の誰もが思っていた。

広場に集合した全員を前に李震の話は始まった。

「この度、党中央政治局の会議に列席させてもらい、只今、散会しました。私はその足でここに来たのですが最新指示を伝えます。この一年間、諸君が林彪反党集団の摘発ならびに批判に大きく貢献したことを党中央を代表して評価します。現在、林彪反党集団の批判闘争は政治領域だけではなく、思想領域にも深く及ぶものであります。こうした事態の要請に従い、政治局は検討と議論を重ねたすえ、一つの決定をまとめました。その決定は毛主席に報告され許可を得ました。

これから更に一年間かけて諸君を労働キャンプに送り、鍛練させます。これは「再教育」として大きな意義を持つものであり、労働を通して思想や感情など諸立場から林彪反党集団との間に徹底的な線引きを行うことが主な目的です……」

沈黙が会場を覆った。恐ろしいほどの沈黙はすべての者の表情を同一にした。それは失望そのものであった。まさか「労改」（労働による思想改造、実刑された犯人が刑に服す期間に行われるもの）とは！　どんなに精神力の強い人であってもそれを受け入れる心の準備はととのっていなかった。深い悲しみを負ったまま全員がただちに北京郊外大興県の強制労働キャンプに移された。

最初の一週間の仕事は宿舎の改装だった。以前、ぶた小屋やにわとり小屋だったものをつぶして、集められたれんがのかけらにこねたセメントを塗り、宿を築いた。

住むところが解決して間もなく農業に就く生活が始まった。日がのぼると畑に出て働き、夕暮れに宿舎へ戻る。女性はまきを拾い、男性がたき火でご飯を炊く。星がまたたく頃床に就く、まさに原始生活そのものであった。

農場のまわりは鉄線で囲まれ、歩哨が間隔をおいて立っていた。隣の畑に働く服刑者は粗末ながらも食事の面倒はみてもらえたが、学習班の人々は主食となる米が用意されただけで、副食となる野菜や肉類は自分たちの労働によって解決しなければならなかった。

春、夏、秋、冬、彼らは屈辱と耐苦の中「再教育」と言われた一年を終えようとしていた。

曽て中国上層部を走りまわって、林彪や黄、呉、李、邱、四員大将の代りに数えきれないほどの国家重要文件に目を通し、数えきれないほどの講演稿や計画書などを起草し、数えきれないほどの秘密を手に握り、忠実にそれらを守りつづけて「文相武歩」（顔立ちは文人で歩き方は武士という品高い人のこと）とされてきた彼らは「精明干練」（頭が切れてやり手である）といわれる数少ない人材であったが……。

北京に戻れる日を待ち切れなくなった彼らの間に一つのうわさが持ち上がってきた。「再教育」を宣布した李震が交通事故で死んだというのだった。死んだ人のやったことは問題にされないことを誰よりも分かっている彼らは焦った。苦難な一年をようやく耐えぬいたところでその望みはあっけなく消されてしまった。いつまで農場にいるかということを考える気力さえ失ったのであった。

彼らは気が狂いそうになった……。

しかし、このままではどうしても納得できない彼らは権力の高層で長年間働いたことも併せて、党中央に請願書を出すことに踏み切った。そして思い当たるすべての在野者である友人に助けを求める手紙を次々と出していた……。

ペンを放さずに書きつづけて四年、年月に苦しみを埋めてきた彼らは希望の糸が断れ、命を放棄しようとしていた……。

5

一九七五年、秋。

張寧は労働キャンプで二十五歳の誕生日を迎えた。自由を失ってからはまる四年が過ぎ去った。その四年は女性にとって花咲く年月であり、二度とはない貴重な年月であった。この黄金時代に張寧はただ美しく生れてきたという理由だけで異常な政治権力の犠牲とならざるをえなかった。

彼女の青春は政治権力に壊滅された。その代価はあまりにも大きすぎた。

中国全土に吹き荒れた「批林」（林彪を批判する）運動の嵐もついに静けさを迎えた。興奮した人々や運動をきっかけに出世できた人々も林彪のことなど忘れて、次の興奮や出世に向かって忙しく走り始めていた。

学習班の人々が農場からひっきりなしに送っていた手紙がその頃になってようやく「中南海」（毛沢東主席を初め多くの党中央最高幹部の宿舎となっている）に届けられた。毛沢東の病気が不治となったその頃、彼は林彪事件に対して、やっと最終指示を出した。

「林彪局（事務局）の諸職員の責任は比較的軽いものである。よってこれ以上学習班に留まるのは不必要である。彼らを転勤させ、しばらく観察せよ」

十年や二十年ほどにも長く感じられていた四年間、その監禁生活にピリオドが打たれた。

張寧はついに自由の身となった。

特捜部は張寧に対する結論を下した。

「張寧、女性、二十五歳。元南京軍区前線歌舞団女優。林彪と葉群が林立果の婚約者として選んだ者であった。九・一三事件に関しては彼女の不参与が判明した。学習期間、一時態度の悪さも見られたが批判と教育によって変化が見られた。毛主席のご指示に基づき南京へ帰す」

結論書を交付された張寧は労働キャンプをあとにした。彼女は辱められて十キロも減った体重を支えて故郷の土を踏んだ。枯葉のような肌、黄色っぽくくすんだ顔色、小ジワ、かすんだ目、鈍くなった表情……。北京に行ったあのみずみずしい美女張寧はわずか四年間で苦労を背負ったおばさんとなって戻ってきた。

彼女は命令に従って真っ先に歌舞団へ向かった。歌舞団に姿を現わした張寧の前に政委も仲間たちもすぐにそれが張寧であるとは判らなかった。

報告を終えると張寧はバスにのり込んで家に向かった。緑に飾られた古都の街を車窓からなつかしそうに眺めながら、心の中で「ただいま」を何回も叫んだ。四年間、千五百日の日々夜々、彼女が南京を思わない日は一日もなかった。

張寧は家の門をあけた。枯れたと思っていた涙がどっとあふれ出した。

「お母さん！」

病気で体がこわばっている母親はその声に彼女を見つめた。そして全身が震えた。娘は生きて帰ってきた！　確かに生きて帰ってきた！　親子は抱きあって涙を共に流した。しばらくの間、話すことができなかった……。

南京の空気、家のにおい、おふくろの味……張寧は初めて自由のすばらしさを感じた。

「張寧が軍内にいることは望ましくない。ただちに除隊して、地方に処分せよ」

これが南京軍区政治部に届いた北京からの指令だった。それを出したのは党中央政治局常務委員である張春橋で、その頃、中国政治舞台で最も活躍していた一人であった。彼は江青の右手と言われた人物で、のちに失脚した「四人組」のリーダーでもあった。

その指令は政治部から司令部に報告され、新任したばかりの司令官が幹部管理部に電話した。

「張寧の無実を信じているが、上から彼女に対する除隊の指示が出された。腹立たしいことだ。しかし、指示を全く無視するわけにはいかない。彼女を当分おもてに出さないほうがいい……」

司令官の趣旨を受け、軍区政委が歌舞団にやってきた。

「張寧に舞台での仕事をやめさせて、将来、別の職に就かせるというのはどうでしょうか。たとえば、軍区医院は？　……まぁ、すぐには動かない方がいいんだが…」

張寧は歌舞団に籍を残したまま四年間もの間、家での療養生活を送っていた。その間、仕事の再開について歌舞団に何度も打診していたが望みとなる答えは一つも得られなかった。

歌舞団としては張寧を復帰させることは当分できず、ましてや彼女を除隊させることは良心的にできないのだった。籍を残して家で休養させる事が彼女に対する精一杯の思いやりであった。

しかし、張寧は分に安じてはいられなかった。自分は自由というものを得たのか、得なかったのか、その理由は本物なのか、偽物なのか、そのような疑問を持ち始めた。

お妃として選ばれ、女優の仕事を停止させられてすでに十年になろうとしていた。

この十年は女優としての彼女にとってダイヤモンドのように輝いていたはずだが政治の激変によってこの華麗なる歳月は廃棄されてしまった。そして、光陰が無情にも彼女から若さを奪った。これ以上どう犠牲を払えば本当の自分に戻ることができるだろうか。張寧は耐えることの限界を強く感じた。

彼女は北京に上訴の手紙を出して自分の無実を訴え、仕事の復帰を求めた。一通、二通、三通……何通出してもそのまま消えていった。とうとう、張寧は家を飛び出して南京軍区政治部に足を踏み入れた。

幹部がすでに何代も替わったが、それでも政治部は張寧の不幸と境遇に同情を示した。なんとかしなければという政治部の思いは一つの文書とり、軍区通信士の手によって直接北京の党中央軍事委員会に届けられた。

今度は一ヶ月も経たないうちに動きが見えた。

「張寧に関する書類を解放軍総政治部に取り次いで送り届ける」

希望が見えてきた。崩壊した時代の代わりに新時代が必ずやってくることを彼女は確信していた。その時代を迎えようと彼女は生命のつばさをひらいて再び天翔けようとしていた…。

天安門広場、幾多もの時代の足跡が深く刻まれ、そして、これからも刻まれていく広場。が、天安門が新時代を迎えるということは張寧の思うほど単純なことでは決してなかった。

張寧の望みはただ本当の自分に戻ることであった。それは十億もの国民の中の一人の女性として自分自身でありたいというささやかな願望にすぎなかった。しかし、張寧にとってそれを叶えるには遥かなる道のりを要するものであった。

張寧の書類がとんだ偶然で四年前の特捜部にいた人の手に掴まれた。

「張寧を速く除隊せよ。上訴すれば厳重に処分する」

張寧は十歳から着て、愛していた軍服、二十年間も身を包んだこの装いを脱がざるを得なかった……。

南京軍区は除隊された張寧の行き先に最大限の配慮を払った。省、市関連部門との間を幾度なく交渉に出向いた。

一九八〇年、三十歳を迎えた張寧にようやく職場が与えられた。南京軍区の手配によって彼女は公開されていない博物館の職員となった。そこは主に歴史を研究する機関で外部との接触は極めて少なかった。規模も小さく専門家を入れても三、四十人ほどだった。張寧はそこで静かに働けることとなった。

彼女は作成された履歴書を持って博物館に着任した。

李婷、女性、三十歳、退役軍人…………。

これが張寧の新しい履歴書であった。

張寧は張寧という名前を捨てて、別人にならなければならなかった。

これまでの張寧としての履歴書は南京軍区政治部のファイル室に封じられることとなった。

彼女は李婷となって新たな生を求めた……。

張寧は再び「埋葬」された。しかし、今回の「埋葬」は善意によるもので、彼女を保護するためのものでもあった……。

非権力者である張寧を単なる一人の女性として「埋葬」するのは手のひらを返すように易しいものであった。だが、激動する大時代を乗り切った彼女の経歴、そして波乱に富んだ人生そのものを「埋葬」しきれるのだろうか……。

彼女の悲しみ、彼女の無念、彼女の苦しみ、彼女の不幸、彼女のあらゆる辛さとそれを耐え抜いた精神……。それを封じることができるのだろうか……。

真の自由が張寧に訪れるのはいつだろう……。

第六章　立ち直る

第七章　尾　声

1

「埋蔵」された張寧を誰よりも先に掘りおこしたのは江水であった。

九・一三事件後、彼は釈放され、名誉の回復もなされた。

張寧が南京に戻った翌月、江水は南京へやって来た。彼の額にはシワがきざまれ、肌も黒っぽく荒れていた。その顔はまさに農民そのものであった。彼は張寧に会ったとたん、彼女の手をしっかりと握り、しばらく言葉は出てこないようだった。しかし、その目は光っていた。ある種の自信があふれていた。ある、言うまでもない自信が……。張寧はその強靭な目に彼の心が読めるように思われた。だがこの世界が自分の肩にかけた重荷はあまりにも重すぎたため身も心も瓦解されてしまったことを彼女は感じていた。そして、いかなる荷も、これ以上負えなくなった張寧は尼になろうとさえ考えていた…。そんな矢先に現われた江水の情熱に張寧としては何も答えられないのが現状だった。

彼女は彼に対して感謝していたが、彼のことを理解してはいなかった。あの時のことは、彼女にとって苦難の中の一つのいい思い出に過ぎなかった。まるで、すさまじい風雨の中、最終バスを待っていたところ、誰かが傘を手渡してくれたという心温まる一シーンのようだった。張寧はこの一シーンがあれば充分に満足できた。彼女は心の安らぎを感じる度に彼のことを思い出し、彼のことを思い出す度に心の安らぎを感じていた。江水のことは忘れ難い思い出の一つとして胸にしまって置いたのだった。同じバスにのっていた他人が当然そのバスを降りると別々になるのと同じように張寧も彼にそれ以外の望みはなに一つかけていなかった。

張寧は彼の情熱を拒んだ。彼女は宿命という強い力も信じていた。李寒林は鶏年生まれ、林立果も鶏年生まれ、目の前の江水も又同じ鶏年生まれ。牛年生まれの自分は鶏年に生まれた人に克つのでは……と二度と「飛蛾扑火」（飛んで火に入る夏の虫）にはなりたくない思いが強かった。

江水の告白が始まった。彼の口から出る言葉は目の光と同じように強靭だった。

「張寧、愛している。ぼくの愛情はあなた以外の人へは向けられないんだ。この六年間、あなただけを一途に愛して、ほかの女性と恋愛する気も付き合う気もなかった。林立果が死んだことで、ぼくがどんなにうれしかったか。六年間、街で若い女性を見かける度にあなたのことを心配していた。冤罪を負ったあなたのことを一生かけて待ち続ける気持ちでとうとう今日を迎えた。この思いが無駄とでも言うんでしょうか…。張寧、どうか、ぼくと結婚して下さい！」

「江水、私のような人間をこんなにも思って下さって正直な所感激しています。だけど結婚のことは言わないで下さい。北京での出来事は決して忘れません。あなたの勇気や人柄にとても感心していたわ。私たちは苦難を共にした知人としてその友情は私の大切な宝物でもあるの、私はきっとその友情をいつまでも大事にするわ。ですから、それ以上のものを求めないで下さい。私は結婚なんてとても考えられないの…。もう一つ言っておきたいけれど、林立果は、林立果は…私にとって悪い人じゃなかったわ……」

「張寧、あなたは世の中の冷酷さがまだ分かっていないのかい？　苦難に苛まれた私たちのこと、あなたが今だに蒙っているぬれぎぬ。それを誰が理解できるというんだい？　誰が関心を示してくれるの？　私たちは孤独の中で生きている。生命は私たちにたった一度しか与えられないものだよ。このたった一度の生を私たちはお互いの思いやりで愛しあい支えあって共に生きてゆこうじゃないか。私は必ずあなたを幸せにしてみせます……」

江水の愛の攻撃が絶えなく毎日続いていた。張寧はとうとう揺れ始めた。〝彼は自分のために刑務所に送られた。彼の青春や前途、それまでに築いたすべてを私のために犠牲にしてしまった。こんな彼のことを「友情」や「宝物」だけで片付けていいのだろうか。彼への恩返しがあるとすれば、それは彼の求めるものに無条件に応じることなのではないか。バスを乗る前に傘を譲ってくれた他人と、バスを降りてからも同じ傘をさして一緒に人生の嵐をくぐりぬけていっては…。〟

母親は反対した。「感謝も友情も愛ではない！」と言った。

兄弟たちも賛成しなかった。「おまえたちはお互いを知らなすぎる。彼は結婚相手としてふさわしくないんだ」。

志があれば結局成功する。江水は固き意志で張寧の家を離れようとしなかった。説得はダメでも行動で張寧一家を感化してみせると彼は決心した。

江水は張寧家の「女中役」をやり始めた。「止めて下さい」「お帰り下さい」「迷惑です」………何を言われても彼はただただ黙って働いた。病気が完全に回復していない母親が散歩に行くとすぐに後を追い、細心に面倒を見、兄たちの用事には必ず「秘書」となって手伝った。そして掃除、料理、洗濯、おつかい…あらゆる家事を引き受けた。

「行きすぎ」と言われた彼は忍耐と勤勉でそれを言う人こそ行きすぎだと思わせた。それが江水の本領であった。

張寧一家はとうとう彼に根負けした。

母親は江水を自分の部屋へ呼び、話を始めた。

「江水、あなたのことを認めるわ。娘との結婚も許すつもりよ。ただし、条件が二つあります」

「はい、お母さま、なんでもおっしゃって下さい」

「一つは張寧をずっと大切にすること。もう一つは永遠に娘の心の傷に触れないこと」

「分かりました。張寧を一生かけて愛してゆきます。私も彼女と同じような経歴を持っておりますから、私ほど彼女のことを理解している人はいないと思います。彼女の傷は私の傷でもありますから、絶対に死ぬまでそれには触れないつもりです」

「それを聞いて安心しました。娘をよろしくお願いします。」

一年も続いた愛の「攻撃」は江水の「勝利」で持ってピリオドが打たれた。張寧は江水と結婚した。そして二人の間には男の子が生まれた。

幸せな家庭生活を送るはずだった……。

しかし、江水はすっかり変わった。愛や情熱は結婚のためであって結婚という目的が達成されれば必要なくなるものであることが彼の態度に表われていた。

二人の間のすれ違いはどんどん大きくなっていた。張寧はなんとか彼との結婚生活を立て直そうとけん命に務めたが却って苦しくなる一方だった。

結婚六年目にして張寧はとうとうあきらめがついた。江水も彼女の「お妃」としての魅力を感じなくなり、二人は別れを告げた。

2

張寧を掘り起そうとする人は江水以外にも多くいた。そのほとんどが男性で張寧についての情報を得ることのできる権力層の人物だった。

張寧の家はそういった「客」が絶えなかった。特に江水との離婚後、一層頻繁になった。彼女は自分をよく知っていた。〝三十歳をすぎた女性がどこにそれだけの魅力を持つというのか、特に私はもう美貌という言葉から遠く離れた。彼らにとっては、私の「お妃」としての歴史が魅力だ。彼らは私を一人の女性として見ているのではなく、林立果の選んだ女として、その貴公子の好んだ女として私を見、好奇心を満足させようと自分を手に入れたいだけなのだ！〃

再び憤慨した張寧はつきまとう男性を次々と追い払った。そのうち、某高級幹部子弟が自殺すると脅迫してきた。その母親は権力ある人の夫人として張寧の勤め先まで足を運んだ。特権で彼女を押さえようとしたが、残念ながら張寧はもはや権力に対する感覚を失っていた。

二年後、博物館が公開されることになった。「博物館には林彪家のお妃だった人がいる」との噂があっという間に広がった。一つの歴史博物館としては珍しく門には長い列ができた。ブームになった恐竜展を見ようとするかのように、人々は張寧を一目見ようと次々にやって来るのだった。博物館の電話も鳴りっぱなしだった。「李婷（張寧）と話をしたい」という人が後を絶たず静けさを誇っていた博物館も騒々しさにつつまれた。

映画監督や作家も大勢訪れた。張寧のことをドラマにしようとか、本にしようとか……。張寧が断わりつづけたにもかかわらず《大海作征》（海からの証）、《她从雾中来》（霧の中に彼女が……）、《第四号妃子》（お妃四号）といった彼女を主題とした作品がなぜだか次々と世に出された。

それらは真実を語るより、むろん読者の好奇心を刺激するためのものだった。

それまでに中国人が読む本と言えば主に毛沢東語録や政治教育書であったが、改革開放政策の導入により、出版界にも多様な本や雑誌（外国のものも含め）が登場してきた。そのため、封鎖されていた民衆は本に対して異常な程の情熱を注いだ。

張寧の過去は再び掘りおこされることになった。ようやくふさがりかけていた彼女の傷口は世論に再度引き裂かれ、張寧の心は又も血と涙を流し始めた。

彼女は生きることを蹂躙されることと感じ、自分の人生はもはや消すべきものになっていてはないかと悲観した。

いつも人に何かを奪われ、いつも誰かに侵され、自分は苦しみを舐めさせられながらも常に悪ものとなるのであった。

張寧は平凡で静かな生活を唯一の望みとして切に願っていた。人間本来の持っている欲望と言えるすべてのものを全部捨てて、静けさだけを一途に追求してやまなかった……。

しかし、この誰でも享有できる生の静けさも張寧には遠すぎるものだった。それは、彼女の名前が林立果と結びついたからであった。たとえその期間はほんのわずかであっても、人々は彼女の名前を林立果という三文字のとなりから離そうとはしなかった。

林立果、あの荒野で静かにねむってからすでに十七年が経過していた……。

一九七九年、張寧は四年間もの紆余曲折を経て、ついに林立衡が鄭州にいるとの消息を手に入れた。

彼女は早速、鄭洲へ向かう列車に乗り込んだ。

鄭洲、地味で閑静な町、そこにある見ばえのしない工場が林立衡の余生の立脚地となった。彼女は夫の張清霖と社宅の三階に家を持っていた。

張寧は社宅の前に来て、足を止めた。自分の感情を抑える時間が必要だった。

彼女は三階の窓を見あげて、深呼吸を数回してから、階段に向かった。

張寧は震えの止まらない手で扉をノックした。林立衡と張清霖が待っていた。時が三人を北戴河の五十七号別荘につれ戻したようだった。

三人とも目を伏せたまま、こぼれそうな涙を必死に抑えた。中国最高レベルの贅沢を享受したのち、どん底に落とされ、そしてようやく庶民となった三人は、再会できたことで胸から沸き立って来る大波の衝突を感じ合っていた。言葉はもはや必要がなかった。

しばらくすると三人は向かいあって微笑んだ。その微笑みには隠し切れない複雑さが含まれていた。六本の手がしっかりと一つに握りしめられた。「大丈夫だった?……」それが三つの口から同時に出た最初の一言であった。

林立衡、昔日の奢り高ぶったお嬢さまの影はすでに完全に消えうせていた。顔には小ジワもよせられ、まるで彼女の苦難を物語っているように見えた。変わらなかったのは物静かさだけだった。彼女は淡々と語り、時には寂しさと惨めさが表情にのぼった……。張清霖もすっかり変った。上品な医者であった彼が、今や工場の汚れ仕事を職にした人らしく顔も腫っぽかった……。

九・一三事件後、林立衡が「功労者」として扱われたのはごく短い間だけだった。張寧が元林彪事務局のスタッフたちと北戴河を離れる頃、林立衡はすでに監禁されていた。しかも彼女の境遇は張寧よりはるかに劣ったものだった。

二十四時間外出禁止でトイレまで部屋の中に設置され、張清霖に会うことも許されなかった。〝自分が党中央に報告しなければ、今頃、中国はどうなっていただろうか？　私は党に忠誠を尽くし両親も弟も裏切った…、それなのになぜ犯人扱いを受けなければならないのか〟怒りを抑えられない彼女は周恩来首相に抗議の手紙を書いた。

周恩来首相の指示が届いた。

「林立衡は九・一三事件において手柄を立てた者だ。彼女に対する待遇を改善せよ」

それにより、毎日三十分の散歩と張清霖との面会が許された。しかし、残暑の中、蚊が多いため、部屋に殺虫剤をかけられ、生まれて初めてそのにおいを嗅く彼女はアレルギー症を起こした（彼女のこれまでの生活には、蚊やはえ等の虫を薬を使わず「退治」する職員がいた）。皮膚だけではなく、気管も食道も感染され、病床に着かなければならなかった。それでも、なお彼女への厳しい審査は続けて行われていた。

張清霖が医者という立場によって再び周恩来首相に上書し、林立衡の看護を申請した。周恩来首相が「同意」する旨の指示を下した。張清霖は精一杯看病しながら苦難中の林立衡を励まし、彼女の心の支えとなったのであった。

一九七四年、党中央は林立衡に対して結論を下すと同時に四つの指示を出した。

1．党組織での活動を再開
2．幹部待遇を回復する
3．差別視しない
4．大胆に工作することを期する

その月の末、林立衡は改名を命じられ張清霖と共に鄭洲入りし、手配された工場で党委員会副書記として勤めることになった。以来、十五年間、彼女たちも軍に籍を残したまま工場での仕事をつづけてきた。

「李婷」の名前がすぐにでっちあげだと知れたのと同じように、林立衡の身分も秘密として封じることが長くはできなかった。昔の「中国第二」のお嬢さまであることが早くもまわりの人々に知れ渡った。幸い、彼女のことを軽蔑したり、避けたりする人は少なく、むしろ関心と同情を寄せる人のほうが多くいた。素朴な労働者たちはあらゆる面で林立衡に配慮した。彼女にとってすべてが慣れないことであったため、仕事も生活もできるだけの援助が与えられた。林立衡は真の人間の温かみをここで感じた。そして、彼女は自分なりに仕事を頑張ってきた。

当初、林立衡が北京から持ってきた荷物と言えばダンボール箱十数個に詰め込んだ書籍だけだった。鄭洲に移ってからも古今東西の文学名作を数多く買い求めた。彼女の部屋を見て最も印象深いものは山ほど積み上げられた資料及び手書原稿であった…。

彼女の生活に経済的な余裕はなかった。夫婦二人の給料で張清霖の母親と姪二人を含めた五人家族を養っていた。張清霖の母親は「嫁が反革命のボス林彪の娘だ」と言われひどい目にあわされていたので林立衡が一緒に暮らそうと鄭洲に呼び、二人の姪を養子として育てることにしたからだ。

「どうして自分の子供をつくらないの？　少しは遅いかもしれないけど、できないわけじゃないんだし、ましてお姉さまはこんなに子供がすきなんだから…。」

「そうね……だけどあきらめたわ。この点については主人も私と同じ考えよ。私たちの余生はある事に身を投じなければならないの。それは単なる私たち個人の事ではなく、国の歴史に関わる大きな事とも言えるから、重大な責任を感じているのよ……。それから、もう林家には後継はいらないもの。私は姪たちやあなたの息子も私たちの子供だと思っているのよ……。大きくなったら、社会に貢献できる立派な人になってほしいわ。それからもう一つ、私たちの経てきた不幸や苦しみをこの子たちには味わわせたくない……」

林立衡との再会は張寧を大きく勇気づけた。林立衡の姿を見ながら張寧はいかなることがあってもひたむきに生きることを自分に約束した。

その後、張寧と林立衡の間にある姐妹の絆はこれまで以上に深められ、会えない「時」を手紙で心の交流をつづけていた。

林立衡の手紙を少々抜き出してみると

——寧ちゃん

……時々ピアノを弾くのもいいですよ。音楽は意外と気持ちを落ち着かせてくれるものよ。子供にもピアノを習わせて……私も幼い頃一応習ったのですが久しく弾いていませんでした。鄭洲に来てから又弾き始めたわ。ピアノを弾きながらだと冷静に物事を考えられるような気がする……。

…いつも一人ぼっちはよくありませんよ、できれば知識人や賢明な人々と多く付き合うほうがいい…。悩み事や心配事があれば何でも言ってね。少し楽になるかも…。一人で子供を育てるのは大変でしょうね。たまに鄭洲へ連れてきてはどう?私が面倒見てあげるわ……。

姐　豆々

——張寧

……君の姐さんにたのまれてペンを取った。

……彼女が最も気にかけているのはやはり君のことだ。君のことを言う時にはいつも不安そうな顔をしてね……先日、彼女は入院した。たいした病気ではないが体の各器官の機能が弱っているようで療養しながら少しずつ元気を取り戻すのだ。心配するには及ばない。

最近、職をかえることを考えている、本を読んだりものを書いたりすることのできる職場にね。そうでないと、あの大きな事業を終われないいんだ。君の知っているように私たちの残りの人生はそのことにかかっている、必ずしなければならないのだ。そのことは私たちの精神的な柱でもあり、生きるすべての意味でもある……。

君は憂うつ状態によく陥ると聞いているが、それはよくないよ、憂愁が何かを解決するだろうか？体をこわすだけだよ、そこまで自分をいじめる必要はあるだろうか……。「因境使人読書。孤独使人思考。又何楽爾不為」（因境は人に読書を想わせる。孤独は人に頭を使って考えさせる。何を好んでそれをしようとしないのか）……。

私たちと共に劉禹錫の詩を確と覚えよう。

「莫道谗言似浪深。
莫言迁客如沙沉。
千淘万漉虽辛苦。
吹尽狂沙始到金」

（噂話は深い浪のようであろうと言うなかれ、それを言う道人が砂のように多くいるとも言うなかれ、千回万回も研いて漉して骨折る辛苦ありとも、狂しい沙を吹き尽くせば、金であることが明らかになる）

——張清霖

このように張寧は林立衡夫婦の激励を得ることによって新たな強さが生まれたのであった。

林立衡、天国から地獄に落ちた弱小な女性、彼女の運命に負けずという強固たる力、そして歴史を把握しようと奮いたつ偉大な気概、張寧はそれを胸が打たれるほど強く感じ取っていた。

林立衡の書いた詩の中にこんな言葉もあった。

「即便当年身先死、一生真偽有人知」

(身が先に死なせても、一生真偽を知る人あり)

これは林立衡の自信であり自勉(自ら勉める)でもあった。

張寧はそれを自分の自信と自勉でもあるべきだと覚えていたのであった。

3

一九八一年、年末。

共産党中央紀律委員会は林彪事件の関連人物再審査のための弁公室を発足させた。再審査により、張寧は完全な被害者として認められ、曾て下された結論も廃除された。

新結論書は南京軍区に届けられ、軍区から市文化局へ渡り、そして文化局の幹部がそれを持って張寧に目を通させた。

張寧はやっと被害者であることを十年立ったその日に承認されたのであった。

4

一九八二年、初夏、本書の冒頭に戻る。

姜教授、骨相学をむさぼるように研究している老人は張寧の未来も預言をした。

——今の仕事は君の本職となるものではない。そのうちにやめるでしょう…。君が三十八歳かあるいは三十九歳の時、東南方面から本命の人が来る。彼の出現により今の不安定な生活や苦労は終わりを迎える。そして彼は君を携えて富貴堂々たる晩年を歩み、幸せな余生を送る………。

張寧が三十八歳を迎えた春、香港の青年実業家と遇然に出会った。彼も李寒林や林立果たちに負けないほど強く張寧を好きになり、たびたび南京を訪れ、張寧の愛を求めていた。しかし、張寧は彼の愛を拒んだ。それは「本命」と言われた人がやはり彼ではなかったからであろう。

5

「樹の年令を調べるにはその樹を切ってそこに描かれている年輪や形相で判断する……人間も同じよ

うにそれぞれの運命を示す印がある。それが骨相である」

運命、命運、まさに老人の言う通りなのだろうか……。

茫々たる人の海、その構成となる一人一人にそれぞれの運命で綴られた長編小説がある。運命、その一言で無数の人々は様々な物語を語っている……。

衛崗大院、前線歌舞団、そこは童話の生まれるところ。四十名の芸術兵がその童話の主人公であった……、メロン、すいか、鴨、ぶどう、おナラ……天真爛漫な少年少女たちは文化大革命の炎に燃され、革命戦士になっていた……。だが純粋な彼らが大混乱の波を順調に超えられるはずはなかった。一つの革命の中には派閥によるいくつもの小革命も発生し、衝突しあい、裏切りあって、いわゆる「今日の友、明日の敵」という異常な事態も続いた。そのため、少年少女たちも革命の先頭軍という立場から一転して悪者として引き回されたり、一夜で「反党乱軍」者とされたりした。〝われらは赤い司令部から来た赤い兵士なのに、どうして……〟そう迷い、絶望に至った。弱すぎた彼らの多くは生を放棄し、死を選んだ。睡眠薬による自殺、手首を切る自殺、首吊り自殺……。残った者には、除隊が待っており、革命の波に併呑され滅亡された…。

前線歌舞団、芸術団体としての全盛時期はわずかに三年間であった。

張寧は少女時代の思い出を胸に時折衡崗大院へ散歩に出かけた。景色は昔どおりで、花樹も依然あざやかに繁っていた。だが厳しかった李首珠先生の姿はなくなり、廊下に響くぱたぱたした足音も聞こえなくなって、草花の茂みから聞こえる笑声も食堂でのがやがやという騒がしさもすっかり息をひそめていた。あの輝かしい《東方紅》はどこにいったのだろう。あの全軍芸術コンクールや外国訪問公演の誇りはどこに消えたのだろう…。

衛崗大院の樹々、院内の花壇、その枝一本一本、その花びら一枚一枚が張寧と仲間たちの楽しみや苦しみに染められていた。

ぼんやりと大樹の下に坐っていた張寧の頭の中には様々な人物の姿が映し出された。

—林彪の内職を勧めた陳と張。北戴河九十一号別荘でのあの異常な夜に、彼らは林立衡に指示され、林彪の部屋へ行くのを拒みあっていた。二人とも恥明で、剛直な性格を持った好青年だった。九・一三事件さえなければ、今頃は軍の少将に昇格していたはずだった。しかし、実際は東北の村に働く農民となる運命をさけられなかった……。

晶々、胡敏の娘、あのキャンディ好きなお嬢さま、彼女の幼年生活はキャンディの甘さに包まれたようなものであったが、九・一三事件後、両親とも監禁されたため、また、幼い彼女は一人暮らしを送らなければならなかった。何もできない彼女の生活は想像の及ばないものだったという…。そして十八歳を迎えた彼女は石家庄某軍事学院に掃除員としての職を与えられた……。

王淑媛、林立衡と林立果を育てた林邸の女中、彼女も同じように四年間の「学習班」生活を送ったのち、地元である鎮江に戻された。一人息子は軍には入ったものの母親のために除隊処分を受けた。

親子はしばらく一緒に暮らしていたが、彼女が母親らしいことを息子にしたことがなかったのと同様に息子も息子らしい親孝行はできなかった。結局、彼女は長年の間いた北京へ戻り、涙ながらに職を求めつづけたすえ、旅館の手伝いとなった……。

李文甫、林彪の身を飛びかった一匹の蚊でもそれがオスかメスかを判断できると言われるほどのやり手だった者、最も悲惨な目に合わされた彼はここ数年ずっと北京にいたという。しかし、その居場所は北京地図に頼ってみつけられるところではなかった。林立衡も彼を探した。何度も何度も……。林彪の「真実」を知っていたのは彼しかいないからだった。とりわけ最後の何日間の林彪の心の動きを李文甫なら知っていたはずだと林立衡は確信していた。

彼女は李文甫を捜し当てない限り絶対にあきらめないと固く思う一心で、ようやく一度だけ彼に会えた。

「……お願い。本当のことを言って下さい。あなたの知っているすべてを教えて下さい……!」

林立衡にそう迫られた彼は両手で耳を覆って「…やめて、何もきかないでくれ! ……もう耐える力がありません… 耐えられないんだ……」

そう叫ぶ李文甫の顔には精神病患者のような表情があらわれていた。

再び林立衡が彼を訪ねるとすでに李文甫の姿は消えていた。

某部長、あの「江蘇省四千万人民の光栄…」と大いに説教をした大物、彼は九・一三事件で「林彪反党グループにおける江蘇省の代理人」という烙印を押され、一年足らずに軍にいた息子二人が相次いで「事故死」となって、本人は肺ガンと宣告された。

ある日、張寧は体の不調で軍区総医院に行った。廊下で待っていると前方から見覚えのある顔がやってきた。その人のうしろには二人の軍人がついていた。高級幹部が入院する時のよくある光景だが、どうも違うようだと張寧は気づいた。軍人の目つきから、彼らが付き添いではなく、監視役であることがうかがえた。

張寧は彼のことを思い出そうと必死に記憶のひだの中にその人の名前を捜した。

やがて彼は張寧の前に近づいた。互いにしばらく見つめあった。

「あなたは……張寧でしょう……」

「はい、あなたは…○○部長?……」張寧はその声から彼があの「江蘇省四千万人民の幸福」と唱えた部長であることが分かった。

「そうだ。ぼくだ……君には申しわけないことをしてしまったね……」

握手、二人は互いの手を強く握り合った。張寧の涙は止まらなく流れ出した。彼の権力を振り回していた大きな手が今となっては虚弱した鳥の羽先のようで、まるで張寧の手から離すと別世界に陥ってゆくようであった。

張寧に再会して間もなく、彼は帰らぬ人となった。苦しみの果てに死を迎えたという。

李寒林、張寧が最も愛した男。彼女は結局彼に会うことができず、除隊されたこと以外に何一つ知ることはできなかった。彼の幸せを祈ることしかできない彼女であった。

……

茫々たるこの世、無形かつ神秘の手が張寧及び周囲の人々の運命を引っ張り続けていた。その力は絶大だった。時が経て、事件も昔話になりかけた頃、その手の正体を見てみると、それは奇形化された政治的メカニズムそのものであった。

その手によって歴史の悲劇が書きあげられ、演出されていたのだった。

その手が中国人民の運命を翻弄し、併せて中国人民をその舞台に追い立てて、先祖代々にも全世界の人々にも「瞠目結舌」（目を見はり口もきけない、驚きや恐怖で呆然とするさま）させていた。

今日に至って小学校ではこんな質問が飛び出した。

「先生、文化大革命ってなんですか?」

「そうね。文化大革命というのは、文化を殺す革命だから、簡単に言えば悪い人が良い人を殴ることで、例えるなら、学生が先生を殴るようなものですね……」

それを聞いて家に帰った子供は今度は母親に問いかけた。

「ママ、学生がどうして先生をなぐったりできるの?」

親は答となる言葉をみつけ出せないのであった。

張寧も、九・一三事件に関わった人物たちも、この壮大な悲劇の中で特殊な役柄を担っていたにすぎなかった。彼女たちに比べればその大革命に生を奪われ、挽回できない犠牲を払った億万人民の苦難は計りきれない。

黄河、濁り河の波浪が空にあふれんばかりだった、まるで誇るべく我が民族の「百却不頽」（百回災難に遭っても崩れず）たる魂を歐っているかのように……。

歴史の峰に立って黄河を見、張寧は自分に問いかけた。

「理解できないものはまだあるんでしょうか。許せないものはもうどこにもないのでは？」

………

今日《こんにち》、張寧は正々堂々と南京の街を歩けるようになった。

南京城は依然と美しい緑に包まれている。だが、街の風景には目ざましい変化が見られた。

――高層ビル、モザイクタイル。茶色いガラス、彫塑、噴水、ネオン、巨大広告看板……潮のように街を流れていく日本車、―スズキ、ホンダ、トヨタ。そして、ファミコン、ハワイアンギター、コンポ……。宝石やアクセサリー、口紅、メイク小道具、香港の「金利来ネクタイ」。華僑、外国人。ゴルバチョフ新思想、殺人推理小説、英会話コース、留学ブーム。映画《紅高粱》（赤いコーリャン）………。

束縛されていた中国人の前に目が眩むほどの色彩。そして、その多彩なものに対する選択の憂慮も混合して万華鏡となる……。

人々は早くも何かを熟知し、何かを忘れつつあった。

張寧は《東方紅》と共に時代に見放された。改革開放で中国は沸騰した。劉暁慶、張芸謀、費翔……大スターたちの話題が茶の間をにぎわしていた。

「お妃」はとうとう忘れられ、張寧に安らぎを返す時が来た。

すべての中年女性と同じように彼女も今を生きて、平凡にそして自分らしく生きてゆくのだ。張寧はこれまでにないのびやかさと静けさを得、それを素直に享受しながら、心の傷も次第に癒されていた。

張寧、社会主義国家の特権により誕生したお妃、彼女の名前を歴史から消すことができるだろうか……。

われらが生きるこの大地にはあの狂気じみた歳月を物語る博物館がきっと聳えたつにちがいない！いつかはきっと……。そして張寧、その名は必ずそこに陳列される化石のように刻まれるにちがいない、必ず！

終

第七章　尾　声

あとがき

乱れた世に生きた麗人―張寧。

彼女は骨相学研究者である姜老人の預言通り、「本命」の人がいるアメリカへ嫁いだ。今、遠くから母国―中国を見つめ、改革開放という中国政治史上における大きな変革をどのように受け止めているのか…。また、自分の愛した人が成し遂げられなかったことが現実となった今日、彼女の胸中に浮かぶものは…。

中国―巨大な国。

今、国民は二十数年前の事件をもう一度見つめ直そうとしている。

林彪に対する再評価も国民の間で密かに行われつつある。

この事件には未だ知られざる事実が隠されているに違いない。

二十数年前、世界を驚かせた九・一三林彪クーデター事件。

四半世紀経った今再び世界を驚かせることになるのかもしれない。

あとがき

【著者】
胡　平（こ　へい）
中国蘭州大学教授、ルポ作家。

【訳者】
周　晶（しゅう　しょう）
龍谷大学国際文化学部嘱託職員。京都市在住。

赤いお妃 —乱世麗人・張寧

2000年6月1日　初版第1刷発行

著　者　胡　　平
翻　訳　周　　晶
発行者　瓜谷綱延
発行所　株式会社 文芸社
〒112-0004　東京都文京区後楽2-23-12
☎03-3814-1177（代表）
☎03-3814-2455（営業）
振替　00190-8-728265
印刷所　株式会社 フクイン

ISBN4-8355-0139-X C0093